中华先锋人物
故事汇

陈嘉庚
华侨之光

CHEN JIAGENG
HUAQIAO ZHI GUANG

李秋沅 著

党建读物出版社　接力出版社

感谢陈嘉庚纪念馆对本书编写的大力支持

图书在版编目（CIP）数据

陈嘉庚：华侨之光/李秋沅著. —南宁：接力出版社；北京：党建读物出版社，2022.12（2024.10重印）
（中华人物故事汇. 中华先锋人物故事汇）
ISBN 978-7-5448-7962-0

Ⅰ.①陈… Ⅱ.①李… Ⅲ.①传记小说–中国–当代 Ⅳ.①I247.5

中国版本图书馆CIP数据核字(2022)第199920号

陈嘉庚——华侨之光
李秋沅 著

责任编辑：袁怡黄 季利清
责任校对：高 雅 李姝依
装帧设计：严 冬 美术编辑：高春雷
出版发行：党建读物出版社 接力出版社
地 址：北京市西城区西长安街80号东楼（邮编：100815）
广西南宁市园湖南路9号（邮编：530022）
网 址：http://www.djcb71.com http://www.jielibj.com
电 话：010-65547970/7621
经 销：新华书店
印 刷：北京科信印刷有限公司
2022年12月第1版 2024年10月第5次印刷
787毫米×1092毫米 32开本 6.25印张 95千字
印数：37 001—47 000册 定价：28.00元

版权所有 侵权必究

质量服务承诺：如发现缺页、错页、倒装等印装质量问题，可直接联系本社调换。
服务电话：010-65545440

目 录

写给小读者的话 ············· 1

"下南洋"的父亲 ············· 1

想当勇士的男孩 ············· 5

漂洋过海找父亲 ············· 9

返乡捐资初办学 ············· 13

多想插翅回故乡 ············· 17

平地建起一条街 ············· 21

商海启航的小船 ············· 25

独立创业偿父债 ············· 29

十八万粒橡胶籽·············35

入盟晚晴园逐光·············41

创办集美蚝厂···············47

创办集美小学···············51

种下人才的种子·············55

创办厦门大学···············61

屹立于海角的"南方之强"·····67

"集美学村"的由来··········73

尽出家财以兴学·············79

为抗日救国出力·············87

统领南侨的领袖·············91

敌未出国土前，言和即汉奸·····97

招募南侨机工···············103

组织回国慰劳视察团·········107

在重庆的精彩演讲·········113

从嘉陵江到延河·········119

中国的希望在延安·········125

深盼祖国团结一致对外·········129

成为英勇的斗士·········133

坚守新加坡·········141

艰险的避难之途·········147

走过死亡的幽谷·········153

结束避难流亡的日子·········157

合理合义合大众要求·········161

见证新中国诞生·········165

心系故乡,建设家乡·········171

不为子孙留财产·········179

尾声·········183

写给小读者的话

一八九〇年,一位不到十七岁的少年登上了从厦门驶往南洋的海船。少年穿着长衫,个子不高,蓄着长辫,前额头发半剃,一副典型的中国清朝男子的打扮。这是他第二次登上远洋的大船,上回他也上了远洋海船,而后又舍不得母亲,没有走成。这次,他已下定决心,必须离开。海船启航的时刻终于来临,少年看着海船划开水道,远离渡口,眼前的水域越来越宽,离海岸越来越远,直至没入海天一片苍茫之中。他的眼前已无海岸、渡口,甚至连鸥鹭的影子也都消逝了。眼前所见,唯有茫茫一片大海,无边无际。他要去大海那头的新加坡,在那儿,有他的父亲——一位他甚少谋面,却与他血脉相连的至亲;那儿,有他未知的、属于男子汉的世界——一个他必须迅速褪下少年的青涩,挺胸走入的成人世界;那儿,有父亲为他谋划好的远大前程。母亲不舍的双眸,离别时与弟弟、妹妹最后的拥抱,连同所挚爱的故乡集美村社,都离他越来越远了。他得放下这些令他变得软弱的牵挂,一并抛开少年的怯懦与犹豫,走进南洋那个四季炎热的新天地。

从小在海边长大,自认为熟悉大海的他,从未料到,在大海深处,他所熟悉的大海居然有另外一副面孔——涛声不再可亲,海浪不再温柔。大洋深处波涛汹涌,毫不怜惜地推搡着陷入海洋腹地的船只。它涌起激浪,拍打着船舷,船只犹如风中飘零的孤叶,在浩瀚的大洋之中剧烈晃荡。每一个出洋的男子汉,都是在拿生命和命运赌博。

少年历经多日风浪,眩晕最严重之时,他一连五六天吃不下东西。一八九〇年深秋,远洋航行的船只终于在新加坡靠岸。

少年收拾起被大海折磨了一个月的身子骨,打起精神，背着行囊，走下远洋的帆船。

新加坡——异乡的世界，在他眼前展开。这儿的空气带着海的潮腥味，让他想起了故乡。这儿的人的面貌和家乡人也都差不多，甚至也说着他熟悉的闽南话。空气中熟悉的气息和往来行人熟悉的乡音，让初来乍到的他稍稍松了口气。但这儿和集美村社还是大不相同的，这儿的街巷整洁，沟渠干净，行人的打扮也都整齐体面，不似故乡大社，村里的黄泥土路上鸡鸭屎粪随处可见，沟渠里垃圾成堆，污水恶臭，蚊虫滋生。村里人风里来雨里去地劳作，平日里衣裳破烂，身有污垢，也不那么讲卫生，小孩子光着屁股打赤脚在街上跑，都是见怪不怪的情景。

热带冬日的阳光，暖洋洋地洒在他的身上和脸上。少年大步向前，走进这个终年温暖，承纳四方投奔者的城市。

走出闽南渔村的敦实少年不曾想到，若干年后，他将在这儿建立他的工商业王国，继而服务社会，成为南侨的商界翘楚和政治领袖。他从这儿起步腾飞，兴实业，办教育，服务社会，走上救国救民之路，实现他的远大抱负，为他的国家、他的民族成就一番伟业。

他，就是从闽南渔村集美走出的中国华侨领袖陈嘉庚。

"下南洋"的父亲

一八七四年十月二十一日，陈嘉庚出生于福建省泉州府同安县集美村社（现厦门市集美区）的颍川世泽堂。集美村社和厦门岛仅隔十余里。他出生时，父亲还在南洋，而在此后的十六年里，父亲也仅回乡三次。陈嘉庚的父亲陈缨杞，又名陈杞柏，早年离乡去南洋新加坡谋生。

"下南洋"是闽南人非常熟悉的一种谋生方式。宋朝初期，中国就开始施行海禁政策；到了清朝康熙、乾隆年间，海禁更为严厉。一八四二年，中国在鸦片战争中落败，清政府被迫与英国签订丧权辱国的《南京条约》，割地赔款，开放五口通商，厦门为其中的通商港口之一。中国门户大开，鸦片与洋货涌入倾销，在列强的掠夺和腐朽清政府的统治下，中国国库亏空，民生艰难。福建厦门和周边农村地区日益凋敝，百姓不得不冒险出洋谋生。在鸦片战争后的一百年间，有上百万华工下南洋谋生，这些华工大多来源于东南沿海一带的农民和渔民。

集美陈氏家族下南洋的历史，可以上溯到陈嘉庚的曾祖父陈时赐那代人。陈时赐兄弟五人中，就已有人冒险坐上下南洋的海船，成了在新加坡最早扎根的陈氏血脉。陈嘉庚的祖父没有出洋，但到了陈嘉庚的父亲这辈，弟兄三人都相继出洋"打拼"。闽南语中的"打拼"有冒险、拼全力奋斗之意。闽南下南洋的汉子，自登上出洋的大帆船，即开始了一场以生命为赌注的冒险。海上航行一个月，他们随时有葬身大海的危险，即使上了岸，举目无亲、空有一身力气的他们，能否靠谋生活下来，也还是未知数。一代代的闽南汉子，就这样前仆后继，无怨无悔地用生命诠释着在异乡打拼的艰辛与不易。闽南的汉子在外打拼，在家乡的血脉却不能断。十九岁时，陈杞柏遵父命回乡成亲，娶了长辈为他挑选的妻子——集美孙厝社的孙秀妹。孙秀妹在村里的口碑极好,聪慧贤淑、温柔慈悲。陈杞柏新婚半年,便抛下妻子,远赴南洋。他得继续去南洋——成了家,他就得养家,得赚钱寄回家乡,负担秀妹和今后秀妹在家乡为他诞下的血脉的生活。他得更努力打拼,更不能松懈。

孙秀妹柔中带刚,和所有丈夫在南洋"打拼"的女子一样,她顺服命运的安排,生下陪伴自己的至亲骨肉,再用双手和爱将他们抚养长大。

陈嘉庚是孙秀妹的头生子,是最早陪伴在她身边、为她驱散孤寂的孩子。在家里第二个孩子出生前,孙秀妹在陈嘉庚身上倾注了所有的柔情与爱。陈嘉庚亦深爱着母亲。虽然家里有陈杞柏的侨汇支持,但孙秀妹绝非只依赖丈夫而不劳作之人。勤劳的孙秀妹下田劳作时,陈嘉庚便陪伴在旁,帮着打柴,或同去坡上自家的田里种甘薯,或一起到滩涂海蛎堆养海蛎、挖海蛎。很小的时候,他也干不了什么活儿,多半是边玩边干。到了他七八岁时,干这些事就不再是玩耍了。父亲常年不在家,他早早懂得体贴母亲,知道父亲不在时,自己是这个家里唯一的男人,他得努力干活儿,为母亲和这个家流汗出力。

家里后来又添了一个妹妹和一个弟弟。妹妹名唤陈仙女，比陈嘉庚小七岁，陈嘉庚很有大哥的模样，对小妹妹很好。陈嘉庚十五岁时，弟弟陈敬贤出生了。陈嘉庚此时已是半大的小伙子，他非常疼爱这个新出生的婴儿，每天都要抱弟弟几次。

集美颍川世泽堂陈家的三个孩子就这样陪伴在独自辛劳的母亲身旁。虽然父亲陈杞柏不在家乡，但陈嘉庚和母亲、弟弟妹妹在一起，日子依旧过得充满温馨和欢乐。

想当勇士的男孩

陈嘉庚在母亲的教养下平安成长。九岁时,他开始到集美村社的"南轩私塾"上学。南轩私塾是集美村社自办的,办学经费来自村中福利组织和在海外的村里人的汇款。陈嘉庚十岁时,他的伯父陈缨忠从南洋回来,办了一所家塾,陈嘉庚就转入伯父自家办的私塾读书。私塾先生教孩童读《三字经》和"四书",只教会孩童读读念念而已,并不向学童解释书中文句的意思。乡里人把书本当作"念书歌"来看,孩童们也只能把书本当歌念,却不解其意。私塾先生教书也很自由,常常教了一个多月就回家去,过半个月或一个月再来。如此学了几年,陈嘉庚虽然识了字,却没学到什么知识。这种情况直到陈嘉庚十四岁时才有改善。那一年，陈氏家塾请了本县秀才陈令闻来授课。陈先生教学生读朱熹编注的《四书章句集注》，他为学生详细解读书意，陈嘉庚这才茅塞顿开，大有所得。原本背得滚瓜烂熟却不解其意或一知半解的儒家经典，终于在他领悟后深入心中，令他受益良多。在家乡受到的旧学教育为他日后编撰药书，用半文言文写下三十万字的《南侨回忆录》，撰写有关中国交通问题、住房与卫生、民间习俗及新中国观感集等著作奠定了学养功底。而儒家思想之"忠、孝、仁、义、克己、和谐、自励"等教诲，也深深地印刻到他的心中，潜移默化地影响了他的一生。但旧式私塾教育的弊端，使他在心中埋下了废旧式教育、创办新型学校的种子。

除了私塾功课外，陈嘉庚还熟读《三国演义》和一些通俗史书。他从长辈口中得知，自己的十二世祖陈戴义曾是郑成功麾下的将士，跟随郑成功北征时战死在南京城下。在陈嘉庚出生前二三十年间，中国在鸦片战争中一败涂地，社会动荡不安，太平军、捻军起义此起彼伏。在他九岁时，中法战争爆发，法军入侵中国属地安南（今越南）。第二年，法军突袭福州马尾，中国南洋舰队被击溃。同年，闽南地区又闹旱灾，而后瘟疫流行，村民死伤近半。自己的国家受外族凌辱、家乡衰败萧条、乡亲族人饱受苦难，这一切深深揉搓着小小男儿的心，他期盼自己快快长大，当个勇士，能有力量去保护自己的族人、自己的家乡，像自己的先祖一样，抵御外敌，英勇无畏，即使流血断颈亦不足惜。

一八八八年，陈嘉庚十四岁的时候，母亲用言行为他上了堂何为"深明大义"的课。集美陈氏宗亲间因建房起纷争，继而发生了严重的械斗。这些源自共同祖先的同宗族亲人，彼此挥起刀枪，互相残杀，十余人丧命。此事惊动了官府，同安县官府派兵弹压，但官兵一走，械斗又起。陈嘉庚的母亲嫁到集美陈家十几年，含辛茹苦抚养子女，她的人品与德行早就受到族人的认可和尊敬。在械斗的危急关头，孙秀妹遇大事而不乱，一介柔弱女子挺身而出，和族长一起出面劝解，并主动拿出自己十几年来积蓄的"数百金"，抚恤死伤，代偿双方损失，自此，械斗双方偃旗息鼓，乡中也暂时平静下来。

母亲的大义之举折服了族人乡亲，也在少年陈嘉庚心中留下了深刻的印象。母亲貌似柔弱，却能在关键时刻沉着应对，舍得出钱，亦舍得出力，力挽狂澜，为乡邻解忧，护卫族人安全，并赢得众人的尊重。母亲是他的榜样，他心想，他日自己如果有能力，也当像母亲一样，舍己为亲人、为族人、为更多人谋平安与幸福。

漂洋过海找父亲

一八九〇年夏天,私塾先生陈令闻病逝,陈嘉庚被迫中断学业。而远方父亲来了封信,急招儿子出洋辅助生意。此时的陈杞柏已在新加坡打拼出了一片小天地。陈杞柏最初在新加坡打拼时,只是个米店的学徒工,而后继续吃苦奋斗,至陈嘉庚出世时,已开了家米店,取名"顺安号"。米店经营得不错,陈杞柏不敢懈怠,稳中求拓展,找准机会向房地产方面发展。同时,他还开了硕莪(é)(西米)厂、黄梨(菠萝)厂。到十九世纪九十年代,陈杞柏已相继开了几家"安"字号与"美"字号的商铺,生意兴隆。

在近代南洋华侨社会,地缘和血缘关系是侨

民在异乡安身立命的重要依靠。抵达南洋的侨民纷纷以同乡为纽带,加入同一地方的社团组织,也称为"帮"。在东南亚,特别是在新加坡、马来西亚槟城等地,"福建帮"与"琼州帮""客家帮""粤帮""潮州帮"一起,成为海外华侨社会中以地域为纽带的五大帮。福建人加入"福建帮",乡亲团结互助,是自我保护、抱团发展的趋利选择。商界的成功,为陈杞柏在新加坡"福建帮"华侨中争得了一定地位,他成了新加坡华侨"福建帮"的头领之一。

想到家乡的儿子已长大成人,陈杞柏觉得,是该让儿子出洋打拼了。好钢得经千锤百炼,好男儿得摸爬滚打才能成器。再则,生意日渐壮大,陈杞柏也需要有信得过的帮手。儿子身上流着自己的血,父子齐上阵,为家业兴旺出力,岂不美上加美?

接到丈夫的来信后,孙秀妹寝食难安。陈嘉庚是陪在她身边时间最长,也是最贴心的孩子。十几年来,她看着陈嘉庚长大,他禀性温良,孝顺体贴,母子之间的感情深如大海。如今陈嘉庚渐渐长大,帮着她看顾弟弟和妹妹,做事周全,稳重踏实,眼瞅着她即将卸下重担,由长成的儿子当家撑起一片天，可难得回乡看顾自己和孩子的丈夫，从远方发来一封信，便要将自己养了十几年的儿子从身边要去。儿子这一去，一年能见几面？十年能见几面？而自己命里还能有几个十年？还能见儿子几面？孙秀妹一想到此，便心肝大恸。

陈嘉庚亦舍不得母亲。家里的小弟才一岁多，牙牙学语，妹妹不到十岁，还只是懵懂孩童。母亲独自负重，操劳半生，养大了自己，眼瞅着自己能为母亲分担些重任了，可自己又得离开。他从未和母亲分开过，一想到自己一走远隔重洋，与母亲见一面都难，更无法尽孝，便难过得无法自抑。

孙秀妹虽然不舍，可还是得让儿子走。她一边伤心落泪，一边为儿子整理行囊。陈嘉庚告别母亲和弟弟妹妹，在厦门买了去新加坡的船票，在船上等了两天，船还没开，而母亲这时也从集美赶来了。陈嘉庚看到母亲难过的模样，心肝都碎了，不管不顾地立刻下船，陪母亲一同回家去。在集美又待了几个月，孙秀妹的情绪也平复下来，念及儿子的前程不可阻拦，她还是忍痛再次将陈嘉庚送出家门，让他漂洋过海去新加坡找父亲了。

返乡捐资初办学

一八九〇年深秋,陈嘉庚到新加坡,去父亲所开的"顺安号"米店学经商。当时,顺安号米店颇具规模,主要从暹罗(今泰国)、安南、仰光的米行采购大米,然后卖给新加坡的零售米店及外销的商行。陈杞柏自己不直接管理顺安号,而是把它交给陈嘉庚的族叔经营,并让他兼管财务。陈嘉庚到了顺安号,用心学习经营,勤勤恳恳,很快上手。两年之后,族叔回国,十八岁的陈嘉庚开始接管米店经营并管理财务。这一年,陈杞柏又开了黄梨罐头厂,名唤"日新号",该厂出品的苏丹牌黄梨罐头畅销欧美地区,其出口量占全新加坡出口量的百分之七十。陈嘉庚来新加坡的两三年间,父亲名下的地皮房产都略有获利，硕莪厂也获得了盈利，米店每年盈利大约五六千元，全部资产扣除欠款，账上能存下十多万。陈嘉庚来南洋帮父亲做生意以来兢兢业业，守职负责，克己勤俭，从没浪费过一文钱，也不曾想过私带一文钱回乡去。父亲放权给他，从不过问他的经营管理。陈嘉庚一心扑在生意上，从没惹父亲生气过。

出洋两三年后，一八九三年的秋天，十九岁的陈嘉庚回乡了。这次回集美，是奉母亲之命回乡娶亲的。尚未到集美，他就在厦门与母亲重逢了。原来集美乡里又发生了械斗，母亲寄居在厦门。这年冬天，陈嘉庚回到集美，娶了母亲为他挑选的妻子张宝果。张宝果是同安县板桥乡的秀才之女，貌美端庄，秀外慧中。成婚之后，他没有马上离开，而是留在家乡陪伴母亲两年，一边经营渔业，一边跟着私塾先生读书。这样，陈嘉庚接受旧学教育，时断时续也有九年了，他写得一手好字，并养成了一生好学的习性。

一八九四年冬天，陈嘉庚出资两千元，在集美办"惕斋学塾"，招收村社的孩子读书。他亲自撰写楹联,刻在学塾大门上,其一为"惕厉其躬谦冲其度,斋庄有敬宽裕有容",其二为"春发其华秋结其实,行先乎孝艺裕乎文"。一八九四年,中日甲午海战爆发,清朝北洋水师在此役中全军覆没,举国震惊。陈嘉庚将学塾称为"惕斋",有警醒国人之意。办惕斋学塾,是陈嘉庚一生捐资兴学之路的开端,这是一所旧式学塾。此时,二十岁的陈嘉庚积蓄并不多,但他就已经意识到兴学启智,让村童摆脱蒙昧,成为一代文明人的重要性,并愿意为此倾囊付出。

多想插翅回故乡

　　一八九五年夏，他留下弟弟、妹妹和妻子照顾母亲，第二次出洋南下新加坡，继续掌管顺安号。他在新加坡尽心尽力，除了原有的米业、硕莪厂和房地产业外，还经营黄梨厂和黄梨罐头厂，生意越做越大。其间，他得到了一本药书《验方新编》，书中收录了不少实用的药方，都是些贫苦人就能用得起的方子，他如获至宝。福建的乡村缺医少药，贫苦的村民得了重病，无钱医治，只能等死。如果这本药书能分发到乡村里，方子能为人所知，那么该有多少穷苦的病人得救！于是他花了三千元定印了一万册书，又花了五千元印制《增补验方新编》二万册，一半在福建省内分发，一半在新加坡分发。

陈嘉庚出钱印药书救人，却没能救回母亲的命。一八九七年夏，集美再次暴发瘟疫，母亲不幸染病去世。母亲去世的电报到了陈嘉庚手中，他拿着电报在父亲面前号啕痛哭。母亲的音容历历在目，上次回乡与母亲相聚的欢乐景象恍若昨日，他才离开母亲两年，母亲怎么就这样扔下了他？从此母子阴阳相隔，再也见不到了。他多想插翅飞回故乡，再看母亲一眼，他不信母亲就这样与自己永别了！

陈嘉庚痛哭着要买船票回去，可父亲不准他走。集美村社瘟疫肆虐，此时回去，岂不令自己陷入危境？亡者已矣，生者还得爱惜性命。再则，家业欣欣向荣，倘若陈嘉庚匆匆离开，没人能临时接手，也不是办法。陈杞柏态度坚决，不准走！陈嘉庚是孝顺儿，父亲不准离开，他只能留下。此时，陈杞柏名下的各项生意都有发展，尤其是房产地价涨势不错，每月可收房租两千多元，但扣除借款利息和政府税收外，也剩下不多。硕莪厂转给别人了，他在柔佛（今属马来西亚）新开了家黄梨厂，还经营几个黄梨园，有数百英亩①。米业规模也扩大了。由于经济依旧不宽裕，陈杞柏规定每月只给妾苏氏一百五十元作为家用，可苏氏好赌，这些钱常常不够花，总是讨要。她的赌友时常从米店出入，这让陈嘉庚觉得很不妥。

在集美，母亲的灵柩没有下葬，弟弟妹妹等着陈嘉庚回乡处理后事。陈嘉庚的弟弟陈敬贤才八岁，骤然失去母亲，失去世上对他最亲的人，他根本承受不了，悲伤地守在母亲的灵柩旁，半年都不愿离开老屋。妹妹陈仙女也才十六岁，她忍着丧母的悲痛照顾弟弟，不久也病倒了，这年冬天，她也随母亲而去。失去母亲和姐姐的陈敬贤漂洋过海去新加坡投奔父亲和兄长。

陈嘉庚见到突然出现在眼前的失魂落魄的弟弟，心痛万分。一八九八年秋，陈嘉庚的族叔回来帮忙，陈嘉庚才得以启程回到集美，为母亲和妹妹择地下葬。谁知下葬并不顺利，陈嘉庚只能随俗，将母亲和妹妹的棺木先埋在墓穴旁，两年后再葬。

---

① 1英亩约等于4047平方米。

平地建起一条街

一八九九年春,陈嘉庚带着侥幸躲过瘟疫的妻儿,第三次南渡新加坡。此时,父亲名下的各种生意都有发展,特别是地产业,每月可收租三千余元,市值达六十余万,扣除典押借款三十万元,地产业所带来的净资产可达三十万元。顺安号米店的利润也增加不少。陈嘉庚恪尽职守,无论在新加坡还是回乡,都不曾私自带走一分一厘。他对家眷的管教也很严格,不允许她们佩戴金饰。在他的辅助下,陈杞柏的生意在一九〇〇年达到顶峰,资产净额达四十万元,经营业务涉及米店、黄梨、地产、白灰、铁店、经纪行等。看着儿辈已经成熟,陈杞柏萌发了隐退之意,他建了新宅,将名下的金胜美经纪行和收购黄梨的业务交予苏氏的养子，而名下顺安号米店和财政事务还是由陈嘉庚掌管。陈嘉庚深知苏氏的养子不懂经营，而苏氏又好赌，花费无度，如果养子对产业有支配权，那么母子两人很有可能将资金任意挥霍。对于父亲这样的安排，他还是有所担忧的，但又不便对父亲说什么。

一九〇〇年冬，陈嘉庚带着家眷回乡正式葬母，离开前，他将顺安号米店和财务事宜都交给了族叔。陈嘉庚回乡葬母，并按民俗在家乡守孝三年。虽然生养他的母亲去世了，小妹殁了，弟弟和家眷都随他迁居南洋，但故乡还在，他割舍不下，便决定在故乡也置办些产业。

一九〇〇年，厦门发生特大火灾，大火烧了三天三夜，千余家店铺付之一炬，原本繁华的街道成了一片废墟，瓦砾遍布。厦门人清理废墟瓦砾，将它们挑去填海，不到一个月，居然填出了数千平方米的新地。官府愿意卖地，一万元的地可建店铺数十间，陈嘉庚看出了其中的商机，觉得出资建设灾后的厦门也是善事，毅然禀告父亲并获得支持，以苏氏养子的名义买了新填的地。一个日本浪人①借日本人的势力,侵占了陈嘉庚所购的一块地。陈嘉庚不畏不惧,不屈不挠,果敢上告官府,经过一年的抗争,终于打赢了官司,维护了中国人的权益。陈嘉庚在买来的地上建起了五十七座楼宇,建成了一条街。

---

① 指日本明治时期战争后到处流浪、居无定所的穷困武士。

商海启航的小船

在家乡期间,陈嘉庚收到新加坡的族叔托人捎来的口信,告之"家费浩大",让他赶紧返回,他并未在意,后来又多次收到族叔发来的电报,催他快回。

一九〇三年七月,陈嘉庚第四次南下,回到新加坡。他刚踏进顺安号米店,就觉得情况不对。店铺内凌乱不堪,一片萧条,好像很久无人照管。他先去陈杞柏所住的新宅拜见父亲,父亲似有满腹心事。久别重逢,他竟也感受不到父亲的欢喜和热情。他才刚提起店铺的话题,父亲便摆手不想多谈。陈嘉庚顿觉不安,告辞了父亲,又折回顺安号米店找族叔。见了族叔,他大吃一惊。族叔罹患中风，从前的精气神全没了。陈嘉庚问起顺安号的借款情况，族叔只说加借了许多，他细问增加多少，族叔却说不知道。陈嘉庚赶紧核查顺安号的账簿，发现借款比自己走之前增加很多，高达三十二万了，而这三年来，父亲在新加坡的家业并无新增。不仅如此，陈嘉庚还发现资金流动有问题，顺安号新增借款如此多，几乎被掏空了。陈嘉庚追问族叔，顺安号是被什么人什么行当的经营占用了，族叔支吾着答不上来。陈嘉庚整宿难眠。第二天，他一个人在顺安号楼上检查账务往来，用半天的时间将资金往来流向彻底查清，并在纸上列出透支清单。午饭后，他去父亲家，将清单拿给父亲看。陈杞柏这才明白，顺安号被其他各号侵占巨款，造成亏空，而自己名下的各业资不抵债。陈杞柏原本只知道地产业下跌，让自己损失了二十多万，导致生意难以维持，竟不料非但生意难以维持，自己还欠了那么多外债。

陈杞柏的产业在短短三年内被蚀空，有多重原因。地产价跌、向印度裔高利贷商人借高利贷，是主要原因；但内部管理不善，苏氏母子瞒着陈杞柏挥霍舞弊，侵占公款十余万也是重要因素。陈杞柏的产业就这样由盛转衰，忽喇喇似大厦倾，一败涂地。

　　陈嘉庚回来了，族叔天天想着要卸下陈家这摊生意，将手头的事务和财权交还给他。陈嘉庚进退两难，他实在没把握可以处理好父亲留下的这个烂摊子，可又不忍不管，任父亲陷入破产欠债、声誉受损的忧患之中。最终他还是挑起重担，着手处理这摊糊涂账。他接管父亲名下所有的产业后，当机立断，将金胜美、庆成、振安商号关店收盘，将柔佛的黄梨厂转让，将新加坡的本地黄梨厂与潮商[①]合作经营，商号命名为"日新"，规定苏氏母子每月只能拿一百元作为家用。他继续经营顺安号米店，还卖了块地，盘活了资金，以保证大多数货款都能按时还清，只欠些许米款。在他的这番操作下，顺安号的声誉保住了。对于陈家将柔佛的黄梨厂转给别人，并关闭金胜美等商号的行为，外界都只以为是经营盘子过大，陈家收盘了些许不赚钱的

---

① 即潮汕地区的商人，是中国传统的三大商帮之一，另外两支为闽商、浙商。

生意而已。一九〇三年终，顺安号还清货款，也停业了。如此，陈杞柏名下的债务，还剩下公司的坏账和银行的押款。陈杞柏的债主主要是印度裔高利贷商人，负债总数在二十五万元左右。

陈杞柏年少时出洋，奋斗几十年，历经艰险，好不容易才在异国他乡打拼出一份家业，谁料最后竟落到这般窘迫的田地。父子连心，父亲的苦痛让陈嘉庚感同身受。按新加坡的法律和习俗，父亲的债务儿子可以不必承担。但倘若如此，父亲将带着失败者的印记，背着债务蒙羞而终。于是，陈嘉庚决定替父亲还债。他召集债权人，毅然承诺代父还债。

由于父亲破产，顺安号关闭，陈嘉庚不得不离开父亲独自创业。祸福相依，不破不立，陈杞柏的破产负债，给陈嘉庚带来了困难和压力，但也推了陈嘉庚一把，让他彻底独立，破釜沉舟，在商海之中独自启航。十三年来，在父亲麾下的历练与商海沉浮，让他有了一定的底气，他承诺为父还债的做法为他在新加坡华侨社会赢得了口碑，也使他能继承父亲几十年在新加坡积累下来的人脉与商业网络，为自己创业赢得了更多商机。

独立创业偿父债

一九〇四年,三十岁的陈嘉庚开始独自创业。他花了七千余元,在洴(jǐng)水港山地建了家"新利川"黄梨厂。厂房用木料和茅草盖成,买的机器也是旧的,一切从简,只花了两个月就建好了工厂,夏初开工,正好赶上黄梨的成熟季。除了购买黄梨,其他原料如白铁片和白糖,都能赊账。短短三个月,就获利四万元。夏初,他又加开一家米店,名为"谦益号",同时扩大了新利川的规模。陈嘉庚自立门户创业经营,一出手就取得了不俗的成绩。

陈嘉庚之前只经营过米业,没办过黄梨厂。开办新利川,他发现,做黄梨生意极需才干,如果能精于核算，每箱可多获利五六角钱。洋行所要的黄梨罐头各式各样，样式有五六十种，最主要的是条形、方形、块状等普通装产品，其他特色的杂装量少却利润高。他每天上午九点，亲自和助手到各个洋行打听有无购货需要，欲购什么装的罐头，本地杂装罐头的订单，大半被他捷足先登抢到手了。而厂内的工作重点在于黄梨的采买质量和工人的切削损失，他每天清晨和下午亲自到工厂视察黄梨采购质量，规定当天采摘的黄梨当天制作。第二天罐装完，即可核算当日损益，而别的厂大多每季核算损益。他的这种做法，可以精准控制成本，及时调整黄梨采购标准，较之同行先进多了。新加坡和柔佛共有二十余家黄梨罐头厂，竞争激烈，但陈嘉庚的黄梨罐头厂还是脱颖而出了。

为了保证黄梨供应，陈嘉庚果断买下了新利川附近的一块五百英亩的森林地，每亩购价五元，取名"福山园"，用来种植黄梨，供应给自己的罐头厂。这样，既能保证黄梨质量，又降低了成本。他的这一举动，为日后开拓橡胶园生意埋下了重要伏笔，尽管此时，他并没意识到此举对于他日后实业

独立创业偿父债

经营的重要性。同年，陈嘉庚名下的日新罐头厂、新利川罐头厂、谦益米店共获利六万余元。

一九○五年，陈嘉庚再接再厉，扩大经营，又创办一家黄梨厂"日春号"。日春厂内还设置了一台以木材为燃料的蒸汽炉，用于生产冰糖。陈嘉庚之所以经营冰糖业，是因为他发现做冰糖生意风险小，无须垫付资金，而且能提前收到货款，这对于缺少资金的陈嘉庚来说，的确是门好生意。当时，新加坡有十余家冰糖厂，其他厂家都用大锌锅熬制，燃料用柴火，而陈嘉庚制糖用的锅是内铜外铁，就用黄梨厂的蒸汽炉烧，燃料是锯末，这样比起别家的柴火炉，每担成本可少二三角钱。这年是陈嘉庚独自经营的第二年，陈嘉庚一年所获利润虽然不多，但产业规模还在扩大。他开始想办法用报纸宣传开拓市场，在当地的华文报《叻（lè）报》上刊登了黄梨广告。

转眼到了一九○六年，这是陈嘉庚独立经营、立志还债的第三年。这年他所经营的工厂和商号都稳健发展着，但他丝毫不敢懈怠，因为他的心头始终压着重担——父亲的债务，他想着早日替父亲偿还。第一年创业刚开始，当然无力偿还；第二年获利四万五千元，但也大多垫作资本；第三年一开春，他就盘算着还债的事。他估算着倘若黄梨厂能盈利四五万，则可以和债主们谈谈偿还债务的事情。但是当年黄梨市场光景不好，三家黄梨厂只给他带来了一万元的薄利。其他各业获利所得，也都用于生产了。

一九〇七年是陈嘉庚独自经营的第四年，三十三岁的他又敏锐地嗅到了熟米业的商机。他与人合伙经营专做熟米的恒美熟米厂，并投资扩大规模，熟米价一路上涨。投资获利后，当年秋，陈嘉庚决定去和顺安号抵押借款的债主商议偿债的事。陈嘉庚真要偿债的消息一传出，亲友们都来劝他，按洋人的律法，父亲欠债，儿子不必还，况且债主手中还有顺安号的抵押产业，他日这些抵押产业升值，不就可以用来抵债了吗？可陈嘉庚非尽早偿债不可，他认为，力所能及时，就该去做该做的事。他不听亲友的劝告，与印度裔高利贷商人协谈还清债务的事情，最终达成协议，还了九万元，结清了债务，在律师处立了解约协议，并登报公示。

三十三岁的陈嘉庚，当时的全部家当只有十几万，但还是毅然决然地拿出九万元来为父亲还债。通过这几年的奋斗，他终于卸下了心头的这一块大石头。他的这一举动，不但赢得了族人的敬佩，更赢得了南洋华人商界的褒誉。"陈嘉庚"这个名字在商界立了起来，它代表诚信可靠。经商之人都愿意与诚信可靠的商家做生意，由此，陈嘉庚在商界众口皆碑，赢得了更多商机。

陈嘉庚替父还债的第三年，弟弟陈敬贤回乡娶亲，娶了同安衡山乡清朝三品武官之女王碧莲。陈嘉庚的父亲陈杞柏在旧债还清、陈敬贤娶亲之后，了无牵挂，在集美安然去世了。陈杞柏晚年归隐故乡，他留给族人最后的印象，是一位戴副眼镜、和蔼可亲、疼爱村中小童的慈祥老人。人生的大起大落、荣耀与羞耻最终都成了过往，陈杞柏叶落归根，终于等到了债务结清的一天，他走的时候很安心。

十八万粒橡胶籽

机遇正悄然朝着诚实守信、务实苦干而又具有敏锐商业嗅觉的陈嘉庚走来。陈嘉庚在开辟"福山园"的时候未曾料到,这块用来种黄梨的园地居然别有他用,为他铺就了一条通往财富的康庄大道。

橡胶一词来源于印第安语"cau-uchu",意为"流泪的树"。远在哥伦布发现美洲大陆以前,中美洲和南美洲的当地居民已开始使用橡胶。一八七六年,英国人威克姆从巴西亚马孙河口采集橡胶种子,偷偷运回英国皇家植物园播种,并在锡兰(今斯里兰卡)、印度尼西亚、新加坡试种,均取得成功。橡胶产业在南洋的落地生根,应归功于华商陈齐贤和林文庆。当时,马六甲商人陈齐贤接受新加坡立法院议员林文庆博士种植橡胶的建议，两人合伙在新加坡杨厝港试种，效果很好。于是，陈齐贤先后在马六甲投入二十万元种植三千英亩橡胶。几年后，他卖掉两千英亩橡胶园，获利二百万元。这件事陈嘉庚听说过，但当时没太在意。一九〇六年，他在洋行时，又有一位英国人告诉他陈齐贤卖橡胶园赚了一大笔钱的事，劝他种橡胶树。这回他忽然意识到，橡胶园买卖的确是笔值得投入的大生意。他探知陈齐贤还有橡胶籽，立即前去拜访，花一千八百元买了十八万粒橡胶籽，在福山园的黄梨树边，每隔十五英尺[①]播种橡胶籽。套种橡胶树，并不会影响黄梨的生长。这样，五百英亩的福山黄梨园就成了兼种橡胶树的福山橡胶园。福山橡胶园在陈嘉庚的精心管理下，橡胶树长势旺盛。与福山园左右相邻之处也有几处黄梨园，园主也在黄梨园里套种橡胶，但长势却不好。一九〇九年，那几处兼种橡胶的园地主人没赚什么钱，就想廉价出售园地。陈嘉庚见机收购，买了

---

① 1英尺约合0.3米。

五百英亩地，每英亩五十元。之后，他将老园子里的黄梨树和杂草清除干净，专一培育橡胶树。很快，易了主的园子也焕发了生机。这样，加上新买的地，福山橡胶园就扩大到了一千英亩。

陈嘉庚挺进橡胶种植业的时候，正值世界橡胶业蓬勃向上之时，橡胶价格上涨，橡胶园也跟着起价。一九一〇年，胶价走势强劲。而在此前，恒美熟米厂遭受火灾，为了保住熟米市场，陈嘉庚筹款重建工厂，手头资金正紧，他觉得到了脱手福山橡胶园的时机了。于是，他便托陈齐贤卖园子，售价三十二万。

陈嘉庚卖了福山橡胶园，手头有了资金，他将前期因米厂重建及扩大规模所筹借的款项还清，尚余十七万元。于是，他就又到柔佛开垦了两块林地，一处种植橡胶，名为"祥山园"，另一处兼种黄梨和橡胶，还叫"福山园"。正当许多新加坡富商对橡胶这一新兴行业举棋不定、错失良机时，陈嘉庚就已经以过人的胆识与眼光毅然出手，向橡胶业挺进。

一九一一年春，陈嘉庚为恒美厂采购稻谷之事专门去了趟泰国，找到了盛产稻米，黄梨供应量也大的北柳（今泰国东部城市）。此时，黄梨市场开始回暖，而且泰国还没有人制造黄梨罐头。精明的陈嘉庚大喜，决定在这儿生产黄梨罐头，同时采购稻米，一举两得。陈嘉庚立刻买地建厂，赶在夏季黄梨产季到来时建了他的第四家黄梨厂"谦泰"。陈嘉庚还虚心向同业学习。在北柳时，他还参观了当地的米厂"鸣成"。看到熟米晾晒场使用有轨活动屋盖，晚上或阴天也不用收米或临时加盖，他感叹于同行的机智，回新加坡后立刻耗资两万，向鸣成米厂学习，对恒美熟米厂进行改造，磨刀不误砍柴工，以节省人力，减少损失，增加收益。

从一九〇四到一九一一年，在陈嘉庚独立创业的头七年里，他不仅帮父亲还了债，做慈善义捐，还拥有了四家黄梨厂、两家米店、两处橡胶园，拥有了流动资金四十五万元，海内外的资产总价值已几乎令他跻身百万富翁的行列。在这七年间，他的黄梨罐头产量约占新加坡的一半；他开始介入橡胶生意，并从此渐渐走上橡胶行业的财富之路；他所经营的恒美米业生意兴隆，熟米远销印度，成为他另一个重要经济来源。在新加坡侨商界,他重信义替父还债,赢得了口碑声誉;他兢兢业业踏实经营,赢得了同行的敬重;他的资产逐渐雄厚,声誉日盛。

入盟晚晴园逐光

陈嘉庚二十三岁丧母,之后经历了父亲破产、自己另起炉灶创业的人生大转折,他艰难地走出困境,重振家业。而中国在十九世纪、二十世纪之交,亦处在历史的转折点上。清政府愈加腐朽,在中国的统治岌岌可危,再加上外国势力对华虎视眈眈,社会动荡不安。戊戌变法之后,逃亡海外的康有为一九〇〇年在新加坡建立保皇党支部,办《天南新报》宣扬改良派的保皇理论,新加坡华人中的赞同者很多。而与此同时,惠州起义失败的革命党人也到了新加坡,一开始颇受冷遇,但在八国联军入京,清廷签订《辛丑条约》之后,南洋华人对清政府的腐朽和无耻卖国行径非常愤怒,开始质疑保皇党的改良理论。一九〇五年，孙中山乘船前往日本东京，途经新加坡，与亲革命党的侨商会见。一九〇五年八月，孙中山在日本成立了中国同盟会。一九〇六年，他亲赴新加坡成立新加坡分会，以陈楚楠、张永福为正副会长，林义顺为外交员。南洋的革命运动，就此开展起来。革命党与保皇党人，在新加坡也展开了激烈的论战。

九年的私塾教育和多年的勤学苦修，使儒家格训深深印刻在陈嘉庚心中，"天下兴亡，匹夫有责"，他拥有服务社会、在公益事业中尽献自己所有的大情怀、大格局。二十多岁时，他在尚未独自创业，资产亦不丰厚的时候，就乐于奉献乡里，办惕斋学塾，让村童读书，自费出资印发药书，想办法解决村民无钱治病的问题。在新加坡，他一样热心社会服务，参与创办专供福建子弟就读的道南学堂，并逐步成为学校董事会的核心人物。

陈嘉庚密切关注国内局势，关注新加坡保皇党与革命党的论战，并深感革命才能救中国。林义顺为陈嘉庚的至交好友，而陈楚楠亦是他的厦门同乡。一九〇九年初，陈嘉庚由林义顺引荐，首次拜见孙中山，聆听了孙中山对民族、民权、民生的三民主义及推翻清朝、建立民国的论述，深受影响。同年五月，孙中山在张永福的别墅晚晴园召开会议，陈嘉庚旁听会议。革命党人炽热的爱国之情和民主讨论之风让他深受感动，令他更加向往革命。一九一〇年春，三十六岁的陈嘉庚毅然剪掉发辫，以此明志，表明自己不再是清政府统治下的子民，并在晚晴园和弟弟陈敬贤一同加入了中国同盟会，立下"驱除鞑虏，恢复中华，创立民国，平均地权，矢信矢忠，有始有卒。如或渝此，任众处罚"的盟誓。从此，他遵照孙中山的革命宗旨，开启了一系列唤醒侨胞、支持民主革命和振兴中华的活动。

陈嘉庚在《南侨回忆录》中曾写道："生平志趣，自廿岁时，对乡党祠堂私塾及社会义务诸事，颇具热心，出乎生性之自然，绝非被动勉强者。"加入同盟会后，他更加积极参与社会活动，勇于担当，以身作则，奉献财力物力。一九一〇年十二月，他当选为中华总商会第六届委员会协理，成为新加坡福建帮四协理之一。一九一一年，他被推

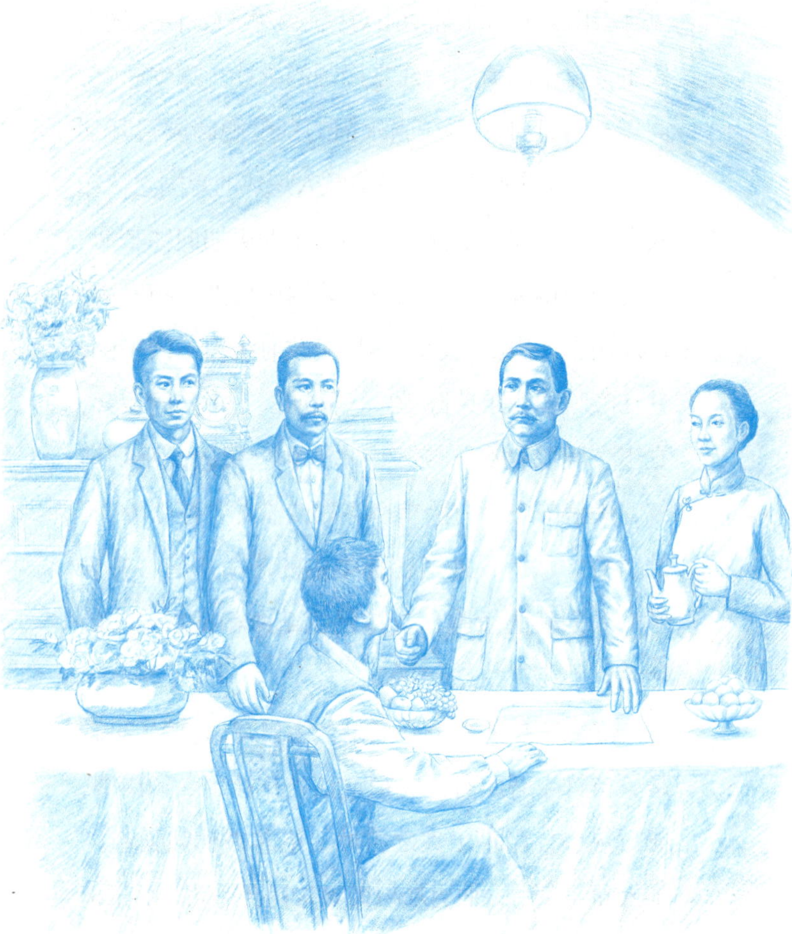

举为道南学堂董事会总理[①]，学校还有三十多名理事。陈嘉庚倡议向闽侨募捐四万余元，为道南学堂建筑新校舍。当时，国内学制已经改革十年，但南洋的学校寥寥可数，新加坡只有广东侨帮办的养正学校、福建帮办的道南学堂、潮州侨帮办的端蒙学校、客家人办的启发学校和海南人办的育英中学。至于女校，只有广东人办的一所。"时社会甚幼稚，侨民只迷信鬼神，爱国观念公益观念均甚形薄弱。"[②]陈嘉庚带头捐资，为道南学堂建起了新校舍，添置教学设备，并重视督导学校的教学，致使道南学堂成为新加坡各侨帮中新学教育水平最高的学校，陈嘉庚在侨界的声誉也日益显赫。

一九一一年，辛亥革命爆发，革命党人在武昌起义，打响了推翻清政府的第一枪。在新加坡的陈嘉庚密切关注国内局势。当时中外消息都比较闭塞，新加坡的福建华侨风闻革命党人也光复了福建，便在天福宫福建会馆开会，成立保安捐款委员会，陈嘉庚任会长，筹款支持福建光复及维持治

---

① 后来，学校理事改称校董，总理亦改称董事长。
② 出自《南侨回忆录》。

安。陈嘉庚发电报给黄乃裳，从黄乃裳那儿确认都督为孙中山、福建省亦已光复、革命党人急需资金之后，立刻汇款两万元。之后，在一个多月之内，他共汇去二十多万元。陈嘉庚领导新加坡闽侨，为革命慷慨解囊，大大鼓舞了革命党人的士气，稳定了民心，为南洋侨界做了榜样。孙中山从欧洲回国去上海，路过新加坡时，曾向陈嘉庚寻求帮助，陈嘉庚许诺会筹款五万元予以帮助。后来，孙中山来电求助，陈嘉庚说到做到，二话没说，如数汇款过去，资助其赴南京的费用。

创办集美蚝厂

一九一二年一月一日,孙中山在南京就任中华民国临时大总统,中华民国成立。陈嘉庚的内心洋溢着对振兴国家的热切期盼和愿意为国为民尽力尽责的豪情,他一心想着为故乡为祖国做事,尽国民之天职。

兴实业,办教育,是他认为那时的中国所最需要的。中国国民教育的整体水平与其他先进国家相比差距太大了。在欧美先进国家,不识字的国民占比不到百分之六七,连新兴的邻国日本,也不到百分之二十。而在当时的中国,文盲率竟达百分之九十多。中国人蒙昧到这种程度,怎么会不被他国欺凌呢?他认为在那时的中国,办教育、兴实业刻不容缓。正是由于国民普遍缺乏教育，觉醒受阻，被旧习俗旧观念所束缚，国民的精神状态才如此萎靡不振，如此陷于蒙昧的黑暗之中而不自知。而兴实业不但能充分利用本土资源，还能传播现代科学技术，推进中国的现代化进程。他决定回乡创办新型学校，并在产蚝地故乡集美因地制宜，开设海蚝罐头厂。一九一二年秋，在回乡的渡船上，他偶遇应孙中山之邀赴上海出任临时政府内务部卫生司司长的林文庆。在漫长的航行途中，两人有了彼此了解和深谈的机会，在办教育、启民智的问题上，两人的观点不谋而合，都认为给予民众知识之光有助于新生的民国国基稳定，是每一个觉醒的人应负的责任。这次相遇，为他们今后在教育事业上肝胆相照、并肩同行埋下了伏笔。

回集美后，陈嘉庚立刻紧锣密鼓地开始筹办蚝厂，准备在冬天试生产。集美的蚝比国外的蚝小，这正合陈嘉庚心意。他嫌国外的蚝太大，觉得集美的蚝大小刚好，做出来的蚝罐头肯定比国外的好吃。可他没料到，集美的蚝不耐高温，煮起来缩得只剩十分之六七。而国外的蚝成长期长，个头儿大，所以耐高温，久煮不易变形。不仅如此，他专门托日本朋友高薪请来的制海蚝罐头的技师居然缺乏经验，试制出来的蚝罐头只存放了十多天就发臭变质了。后来他才明白，集美蚝做罐头容易变质，也和蚝不耐高温、烧制温度不够有关。在集美办蚝厂的尝试最终失败了。陈嘉庚便把机器设备折价入股，与友人合伙成立了大同罐头食品有限公司，生产酱菜罐头销售至海外。后来，大同厂与陶化厂合并，组成陶化大同股份有限公司，陈嘉庚则集中精力在集美办新学。

创办集美小学

一九一二年底,陈嘉庚亲自到同安考察办学状况。中国沿袭千年的旧学,课业主要传授四书五经,根本不学科学技术。直到二十世纪初,清政府迫于压力全面改革旧学制,同安县才出现第一所新式的县立小学。但这所学校由于频换校长和老师,学生都没学到毕业,十年都没能培养出一届毕业生。同安县人口二十余万,只有这一所县立小学,学生百余名,私立学校四所,学生三百余名。

陈嘉庚在同安乡村出游时的所见所闻更令他痛心。他看见村里的孩子穿着破破烂烂的衣服,有的甚至没有衣服穿,光溜着身子,一大群一大群地在一起玩耍着,有的还聚在一起赌博。陈嘉庚见了,就询问乡长，孩子怎么都没去读书。乡长回答道，旧式学堂已经废除了，新学堂缺少老师，办学经费也不足，所以孩子们没地方读书。陈嘉庚听了焦虑万分。闽南地区有几十个县，同安是这种情况，他估计其他地方的情况也好不到哪里去。如果不改变乡村孩童的失学状况，一代代就这样荒废下去，那闽南的乡村岂不是要逐步衰败，倒退回远古蒙昧野蛮的状态了吗！

陈嘉庚决心在集美办一所全县最好的新式学校。当时，集美村社宗族有七个分支，当地人称"房头"，各个房头都办了一个只收男童、不收女童的塾馆。要办新学招收学生，旧式私塾就得停办。集美村社七个房头分为两大派，彼此不和，械斗的事情时有发生。陈嘉庚向集美七个房头的宗亲表明愿意独立承担办新学的费用，并晓以大义，说服他们停办各自的私塾。他筹办集美小学，高薪聘请了校长和老师，设高等一级，初等四级。一九一三年一月，集美小学借集美大宗祠正式开学，入学学生有一百三十五人，原本集美村社旧式私塾的学童全部转入陈嘉庚办的新式学校，集美陈姓子弟可以免费入学读书。开办集美小学是当时同安地区一项突破性的教育成就。

集美小学开办后,急需优质师资,陈嘉庚听说福州师范学校是全省最好的师范学校,便去福州考察。考察之后他大失所望,发现这所学校虽然经费充裕,但闽南学生很难入学。究其原因竟是腐败所致:这所学校的学生待遇优厚,学费和膳食费、住宿费全免,而且读四年书毕业后,毕业生受人尊重的程度不亚于当年的举人,所以众学子趋之若鹜。学校每年招收八十名学生,却不公开招考,因为名额早就被当地官绅富豪等一众有权有势人家的子弟占去了。这样一来,寻常闽南人家的孩子怎么进得了学校的大门?而入学的学生不是通过考试选拔而来的,水平参差不齐。这些学生也大多没有从教的志向,将毕业证拿到手之后,他们鲜有人真去当老师。陈嘉庚认为师范学校的大门应该对贫寒人家的子弟敞开,并用心培养人才,才能取得良好的效果。他暗自下决心,等到自己有能力了,首要的事就是办一所师范学校,招收闽南贫寒家庭有志从教的子弟悉心培养,以扭转福建教育的颓势。

集美小学开学了,但是校舍却还没建。从福州回集美后,陈嘉庚就着手建校舍。集美小学的校舍是填了村外西边的大鱼池建起来的,面积有几十亩。陈嘉庚花了两千元,向鱼池的主人买地。校舍于夏天竣工,而后全校搬入。

种下人才的种子

对陈嘉庚来说，办好教育所带给他的成就感和幸福感远超实业成功。一九一六年，因实业颇有收获，陈嘉庚便决定顺应心之所愿，加大对家乡教育事业的投入。

创办集美小学之后，他的下一目标就是在家乡开办师范学校和中学。一九一六年春，他委派自己的弟弟陈敬贤回家乡，负责建筑校舍，将学校规模设定为师范生三个班，中学生两个班，并去信委托朋友代为物色新校校长及教职人员。

陈敬贤按兄长的指示，和夫人王碧莲同赴故乡集美。在筹办集美师范学校和中学的同时，陈敬贤夫妇遵陈嘉庚的指示，还创立了集美女子小学，这样，集美和周边地区的女孩也都有机会上学了。为了鼓励女孩上学，集美女子小学的女生学费全免，而且每个月还可以领到两至三元的津贴补贴家用。接着，陈敬贤便集中精力，筹办师范学校和中学。他监督盖校舍，亲赴七省考察，寻觅校长……事事亲力亲为。在盖校舍期间，陈敬贤每天清晨五点即起巡视工地，从没间断。陈敬贤遵照陈嘉庚立下的"严格要求师范生毕业能当老师"的要求，从闽南三十多个县严格招考有志于教职的寒门子弟。一九一八年三月十日，集美师范学校、集美中学两校同时开学，对于录取的学生，学校给予十分优厚的待遇：中学生只交膳食费，学费与住宿费免交；而师范生则三费全免。两校全体学生的被褥、席子、蚊帐全部由学校提供。每年夏冬两季，学校发给学生统一的制服各一套，夏天的制服为灰色棉布所制，冬天制服为黑色粗呢所制。学生每天可以吃到两顿干饭和一顿稀饭，这样的膳食水准比起周遭三餐大多喝粥的贫苦闽南百姓来说，是很不错的了。为了鼓励贫寒青年入读师范，学校还特地规定，如果师范生愿意三餐都吃稀饭，节省下来的膳食费，学校可以按每人每月两元的标准返还。这项福利大受寒门子弟欢迎，因为在当时的闽南农村，两元钱几乎相当于贫苦之家一个月的家用了。一人入学，可以让全家人的日子好过点，而且学生还能学本事，为今后担任教职做准备，陈嘉庚的远见与善意福泽家乡千家万户。

民国初年的新式学校，特别是中学以上的学校，公立学校的名额有限，往往都被豪门子弟占去了；而私立学校的收费很高，贫寒子弟更是无门可入。陈嘉庚在闽南办校，一心为公，心甘情愿反哺乡邻，为家乡寒门子弟提供受教育的机会，为振兴中华而奉献。

集美师范学校和集美中学创办之后，集美学校（全称为福建私立集美学校）规模初现，包括师范、中学、小学和女子小学四校，共有师生五百名，三月十日被定为集美学校的校庆日。集美学校师生感念创办人，尊陈嘉庚为"校主"，陈敬贤为"二校主"。陈嘉庚兄弟为集美学校制定的校训为"诚毅"：诚者，诚以待人；毅者，毅以处事。陈嘉庚要求师生做到"诚信果毅"。

集美小学和集美师范学校、集美中学的创办，是陈嘉庚在中国政局急剧变动的情况下坚持推进的。从一九一二年至一九一八年，中国历经一系列政局动荡：孙中山辞职、袁世凯任临时大总统、孙中山发动"二次革命"、袁世凯复辟、第一次护法运动、孙中山讨伐北洋军阀段祺瑞……一九一八年第一次护法运动失败后，孙中山离开广东。陈嘉庚始终支持孙中山，他对辛亥革命之后的中国一直抱有希望和信心。他深信国体变革和政权纷争是历史发展的必经过程，最多二三十年，中国必然将迎来国泰民安的光明前景。日后国家安定下来，百业复兴，必定需要大量人才，若到那时临时掘井，将会措手不及。唯有未雨绸缪，提前为国家种下人才的种子，静待成材，当国家需要用人时，才不至于匮乏。因此，在声讨袁世凯、段祺瑞的同时，陈嘉庚不为政局的演变而动摇，一边奋力经营实业，为办教育筹得更多资金；一边马不停蹄，坚持不懈地在家乡、在新加坡兴学办教育，为国家和民族培养人才。

面对内政混乱，外侮日深，国将不国的局面，陈嘉庚依旧对教育兴国坚信不疑,对学子们寄予厚望。一九一八年,他写了《致集美学校诸生书》,其中写道:"教育不振则实业不兴,国民之生计日绌……"他还写道,国家正处于列强的欺凌之下,如果不奋起振兴,难逃被淘汰的命运。而自己奔走海外,含辛茹苦几十年,身家性命都可以放置一边,唯独对兴学的大事从不敢松懈,不惜牺牲金钱,竭尽心力。他呼吁青年学子与自己一道,共同成就兴学的大业,造福国家和社会。陈嘉庚的良苦用心和对学子的殷殷期盼,令人动容。

创办厦门大学

一九一八年底第一次世界大战结束后,作为战胜国的中国,在巴黎和会上却无奈听任列强摆布,令中国民众无比愤慨。一九一九年,五四运动爆发,令陈嘉庚看到了民族的希望。他更加意识到兴办教育的紧迫性。陈嘉庚认为,教育为立国之本,只有设立专门大学,才能培养出实业、教育、政治三方面的人才。当时福建有千余万人,但一所大学都没有,相比邻省,福建省的高等教育落后太多了。陈嘉庚深感在福建开设大学的紧迫性和重要性。开办大学,还可以解决长期困扰他的集美学校师资难题。从远看,办大学能为国育才,培养国之栋梁;从近看,在福建办所大学,既能担负起培养师资的重任，同时又能为集美学校、福建乃至海外各校毕业生深造提供去处。第一次世界大战结束后，陈嘉庚在新加坡的实业蒸蒸日上，在集美创办的各类学校也初具规模，他决定亲赴故乡，创办一所大学，同时，对已有的集美学校进一步规划，引入应用科学项目及学用结合的课程。

一九一九年，陈嘉庚召回在福建的弟弟陈敬贤，来主持新加坡的公司业务，并安排李光前、张两端辅助陈敬贤。离开新加坡前，陈嘉庚把在南洋的全部不动产——七千多英亩橡胶园、一百五十多万平方英尺房地产捐作集美学校永久基金，并请律师立字为据。临行前，陈嘉庚在恒美厂宴请同人，做《愿诸君勿忘中国》的发言，公布了自己的计划——他将把自己的产业及经营所得的盈利，除分红、资本投入外，其余部分统统寄回祖国用于教育。他恳切希望公司同人理解并支持他的决定，并动情地说道："今晚，我们一同喝的是中国的酒，吃的是中国的菜。希望诸位不要忘了中国，克勤克俭，共同完成伟大事业。"

一九一九年五月下旬，四十五岁的陈嘉庚回到中国，着手进行他的首要任务——创办大学。他亲自撰写《筹办福建厦门大学附设高等师范学校通告》，向大众阐明筹办厦门大学的动机：专制之积弊还未消除、共和建设尚未完备、国民的教育没有普及、地方之事业没有兴起，要完成这四项重要任务，坐等是不行的，必须依靠高等教育专门学识。福建地偏，土地贫瘠，人民穷困，莘莘学子难以深造求学，要去远方求学费用太高，要靠政府在省内兴办教育恐怕要失望。如今国家门户洞开，强邻虎视眈眈，国家处于生死存亡的边缘，客居南洋而早就希望报效祖国的他岂能袖手旁观？七月，陈嘉庚借厦门陈氏宗祠邀请各界人士举行特别大会，报告筹办计划，并宣布他所倡办的学校就叫"福建厦门大学校"，并当场认捐四百万元。他相信一旦大学办成，东南亚富侨一定会源源不断地提供援助，让厦门大学茁壮成长。但是后来事实证明，他的想法过于乐观了。

办校得选好校址。陈嘉庚亲自勘察，选择建校园的地点。他将校址定于厦门，因为南洋侨胞子弟的家乡多在厦门附近。考虑到今后学生会越来多，他对于建校所在地今后的拓展空间也很看重。他看中了厦门演武场附近的山麓，那块地背山面海、坐北朝南、风景优美，而且地域广阔，有拓展空间。他耗费了半年时间，与政府人员沟通，政府才批准了演武场的校址用地。

办校还得选好校长。校址确定后，陈嘉庚一面委托在上海的美国设计师绘制校舍图，一面物色校长。汪精卫是陈嘉庚最早的理想人选。在新加坡时，陈嘉庚就与汪精卫成了好友。一九二〇年，汪精卫到福建拜访粤军总司令陈炯明时，陈嘉庚热情邀请他到集美参观，随后又请他到厦门演武场来，告知他将在那儿建立一所大学，并希望他能放弃政治仕途，担任厦门大学校长。当时，全国各地军阀割据，孙中山已辞去军政府大元帅一职，汪精卫的政治前景不明，在此境况下，汪精卫对于陈嘉庚的邀约心有所动。回去之后，汪精卫给陈嘉庚来了封信，答应了出任厦门大学校长之事。陈嘉庚亦回函应承。汪精卫先让夫人回鼓浪屿住了一阵，以示自己真有在厦门安顿之意。可是不久后，粤军回粤成功，汪精卫的政治仕途前景光明，他立刻就反悔了。汪精卫以在广州政事繁忙为由来信辞职，陈嘉庚只好重新筹划。陈嘉庚邀请了十位中国著名的教育家、学者组成了厦门大学筹备委员会，这些受邀名士包括：北京大学校长蔡元培、江苏教育家黄炎培、集美学校校长叶渊、国民政府高级官员汪精卫、南京暨南学堂①校长李登辉、北京教育部参事邓萃英及另外四人。一九二〇年，筹备委员会在上海开会，拟定办学大纲，并推举邓萃英为厦门大学校长。邓萃英当时还任北京教育部参事，但扬言要辞去此职。邓萃英派何公敢、郑贞文来厦门筹备建校，在上海、福州、厦门、新加坡等地招生，先设商学和师范两部，经过严格的入学考试，录取了新生一百多人。

---

① 暨南大学前身是一九〇六年清政府创立于南京的暨南学堂，一九二七年更名为暨南大学。

屹立于海角的"南方之强"

一九二一年四月六日，厦门大学借集美学校校舍举办开校开幕式，社会各界政要、名流皆到场庆贺，嘉宾连同厦门大学师生、集美学校师生共计三千余人参加大会，场面壮观。"自强！自强！学海何洋洋！……鹭江深且长，充吾爱于无疆，吁嗟乎！南方之强！吁嗟乎！南方之强！"在激昂的校歌中，中国第一所由华侨创办的大学——厦门大学宣告诞生。一九二一年五月九日是厦门大学校舍的奠基日。陈嘉庚选定这一天为校舍奠基，是有其深远意义的。一九一五年五月九日，袁世凯答应与日本签订丧权辱国的"二十一条"，国人视此日为"国耻日"。陈嘉庚以"国耻日"作为奠基日，是希望年轻学子勿忘国耻，奋发图强，学成报国。

厦门大学首任校长邓萃英出席开幕式后立即返回北京，将校务交由何公敢、郑贞文代理，而在此期间，他仍未按约辞去北京教育部参事的职务。邓萃英在厦门大学挂名当校长至四月底，就有学生抗议并给校方去函，要求常年不在校内的邓校长主动挂冠。邓萃英提出辞职，陈嘉庚也未加挽留。厦门大学亟待一位全心为校、德才兼备的校长。陈嘉庚想起九年前立志回乡办学时在远洋船上偶遇的林文庆，想起他渊博的学识与独到的远见，想起他与自己同样拥有启民智、兴教育、救中国的共识，想起他客居南洋，对于社会公益的热情和拳拳报国之心，陈嘉庚立即去电，力邀林文庆担任厦门大学新任校长。

在陈嘉庚眼中，林文庆是在千百万华侨中非常特别的一位，陈嘉庚曾在《南洋商报》上公开赞扬他"对西方之实用科学及中国文化伦理精神皆有透彻了解"。林文庆生于一八六九年，十八岁时获得英国女王奖学金，赴爱丁堡大学攻读医学，是获得该项奖学金的第一位华人。他曾任新加坡立法院华人议员、市政府委员、内务部顾问，新加坡中华总商会副会长、新加坡同盟会领袖，是著名的医生、企业家、儒家学者、哲学家、橡胶业推动者，同时也是一位有影响力的社会活动家。林文庆在接到陈嘉庚希望他出任厦门大学校长的邀请的同时，也接到了孙中山电召他回国协理外交的邀约。林文庆犹豫难决，便请孙中山代为决定。孙中山为他做出的选择是去厦门大学，于是林文庆毅然放弃仕途，将医疗所及其他业务或休业，或委托友人管理，于一九二一年秋天到厦门大学出任校长。从此，林文庆成为陈嘉庚身边坚定的同行者，他献身厦门大学，为推动厦门大学在国家变革之关键时期发挥更大潜能而努力。林文庆为厦门大学的发展呕心沥血，他在担任校长期间，将为人诊病所得、全年薪金以及夫人的私房钱都捐给了厦门大学，直至十六年后，厦门大学归于国家。一九五七年元月，林文庆在新加坡逝世，终年八十八岁，后人遵其遗嘱，将他五分之三的遗产和鼓浪屿的别墅故居捐献给了厦门大学。

　　林文庆尚未到任时，陈嘉庚亲自主持厦门大学校舍奠基，并推进厦大、集美两校教务。一九二二年，当厦门大学第一批校舍主楼竣工时，许多人极力建议取名为"嘉庚楼"，作为对出资兴学者永久性的纪念，但被陈嘉庚断然否决。随后，又有人建议以二校主名"敬贤"作为楼名，陈嘉庚还是没有采纳。但他从这个建议中得到灵感，最终将楼取名为"群贤"，取"群贤毕至"之意。陈嘉庚办学，毫无私人名利上的企图，这从他为校舍命名上可见一斑。

办好学校，师资第一。陈嘉庚重视师资力量，不惜重金广纳贤才，他为厦门大学教职工定下的薪俸标准是：校长月薪五百元，教授四百元，讲师二百元，助教一百五十元，秘书七十元，事务员最低为二十五元。相比私立上海复旦大学校长及教授月薪二百元的标准，厦门大学的教职人员薪俸水准要高很多，即使是领取最低月薪的职员，也能养活五口之家，安心工作。

林文庆到任后，第一件事就是与陈嘉庚共同确定厦门大学的校训和办校宗旨。两人商议后，决定将《礼记·大学》首句中的"止于至善"作为校训。两人还共同制定了《厦门大学校旨》，阐明了办校目的及学科设置——"本大学之主要目的,在博集东西各国之学术及其精神,以研究一切现象之底蕴与功用;同时阐发中国固有学艺之美质,使之融会贯通,成为一种最新最完善之文化。"同时,他们还在《厦门大学校旨》中提出了科教兴国的方针,培养应用科学人才、注意教育人才、振兴实业、推广教育、研究海外华侨状况、收纳华侨子弟入学等方面内容,并明确了办校的愿景是:"一方面研究学术,以求科学之发展;另一方面弘扬文化,以促社会之改进,使我国得以与世界各强国居同等之地位。"

在林文庆的主持下,学校的设施、院系设置、课程安排等方面,都以世界先进教育理念为指导,学校很快走向正轨。厦门大学重金聘请国内一流名师。特别是在一九二六年,林文庆抓住时机,趁国民革命军北伐前夕,军阀控制下的北京政府岌岌可危,国立大学经费无着落,京津等地教授纷纷另谋新职的时机,高薪聘请京津著名学者。这批著名学者大多是北大、清华、南开、东南等国立大学的著名教授,其中包括文学家陈衍、林语堂、鲁迅、孙伏园、台静农、沈兼士，史学家顾颉刚、郑德坤，语言学家罗常培、周辨明，哲学家朱谦之、张颐，考古学家陈万里，天文学家余青松等。他们的到来，让厦门大学的师资力量得到壮大。

短短五年，厦门大学就成为国内科系最多的五所大学之一，涵盖文、理、教育、商、工、法六科，下分十九个系，另设预科和医科筹备处，成为一所自然学科与人文学科兼有，教学与科研兼备，汉语与外语并重，以"面向华侨、面向海洋、注重实用、注重研究"的办学特色闻名中外的高等学府。厦门大学果真如校歌之中所言成为"南方之强"，屹立于海角一隅。

"集美学村"的由来

一九一九年,陈嘉庚回国办学,首要目标是创办一所大学,除此之外,对于已开办的集美学校,他还有许多未竟之事需要完成,还要解决集美各校的师资问题,扩大办校规模。在筹办新大学、夜以继日辛劳操心之外,他马不停蹄、见缝插针地推进集美学校的校务工作,扩大建校规模。

集美学校的师资问题,一直困扰着陈嘉庚兄弟。从一九一八年至一九一九年,集美学校三易校长。之前的几位校长,都是从外省聘来的,不是很理想。陈嘉庚意识到,从外省聘校长存在弊端,因为外省来的校长,一般会从外省聘教师,而外省好的教师,大多不肯背井离乡,如此一来,师资还是会成问题。因此，陈嘉庚将目光转向本省的人选。他选中了从北京大学经济系毕业的本省安溪才子叶渊。叶渊任集美学校校长之后，学校的各项校务逐渐走向正轨，陈嘉庚也卸下了心头重负。陈嘉庚奉行"疑人不用，用人不疑"的原则，绝对信任支持叶渊。尽管从一九二〇到一九二八年间，学生几番要求换校长，陈嘉庚均毫不犹豫地拒绝。

在集美开办集美水产航海学校，是陈嘉庚多年的心愿。陈嘉庚亲历中国海防洞开、列强入侵、主权旁落的屈辱，为中国海防及航运业的落后而痛心疾首。闽南临海，拥有发展水产和航海业的天然条件。一九一七年，还在新加坡的陈嘉庚便与上海吴淞水产学校联系，希望从该校聘请教员。他得到的答复是，有两名高才生即将毕业。陈嘉庚愿意资助他们去日本留学，条件是学成之后，得回集美协办航海学校。这两位高才生从日本留学回国后，并没食言。一九二〇年，集美水产航海学校开办，所收的学生和师范生一样，膳食费、住宿费、学费全免。一九二二年，陈嘉庚从德国购买全副机器，在厦门造了一艘渔船，供全班同学出海实习所用。

一九二六年，学生将毕业时，陈嘉庚担心学生的就业问题，就又向法国购买拖网铁壳渔船。该船是中国第一艘，也是当时全国最大的拖网渔船。由于坚持严格训练，集美水产航海学校培养的专业人才水准高，毕业后就业都不难。

除了开办水产航海学校，陈嘉庚在一九二一年还开办了一所女子师范学校，一九二六年开办了一所幼稚师范学校及一所商科学校。

从一九二七年三月开始，集美所属各教育组织统称"学校"。这些学府包括：男子小学一所、女子小学一所、男子师范一所、男子中学一所、水产航海学校一所、商科学校一所、女子中学一所（前身为女师）、农业学校一所、幼稚师范一所、国语专科学校一所（后并入厦门大学）、集美幼稚园，一共十一所。这些小学、中学与职业学校，由集美学校统一领导管理，故称为"集美学校"。至一九二三年，集美学校拥有教员一百七十人，学生近两千人，其中有一千四百人寄宿于校内，住宿费全免。陈嘉庚以儒家倡导的温、良、恭、俭、让五种美德，将学校里的五幢楼分别命名为即温楼、明良楼、允恭楼、崇俭楼和克让楼。集美学校对学生的培养奉行德智体并重，鼓励学生参加各种课外活动。学校兴建图书馆、科学馆、体育馆、美术室、音乐室、俱乐部等。即使在抗战的艰苦环境下，集美学校仍保持着"全国设备最完全的中等学校"的美称。

除了开办集美学校，陈嘉庚在集美还开办了一所医院、一所科学馆，设立了一个教育推广部，并设立"成美储金"，资助品学兼优的贫困学生毕业后升入大学或出国深造。集美学校的教育推广部不仅为本校学生提供资助，还惠及全省中小学。集美学校为提升福建省的教育水平，做出了巨大的贡献。

二十世纪二十年代初，军阀混战，一九二三年九月，集美中学侨生李文华乘船去厦门，恰逢盘踞于厦门的闽军与在集美的粤军交火，李文华中弹身亡。校长叶渊当即组织全校师生提出强烈抗议。陈嘉庚与新加坡中华总商会会长林义顺联名致电陈炯明，要求陈部撤出集美，保证学校安全。交战双方慑于陈嘉庚的威望，同意设定集美学校为"永久和平学村"。陆海军大元帅大本营随即也勒令福建、广东两省统兵长官,务必对集美学校给予特别保护。"集美学村"的名称由此被沿用下来。

尽出家财以兴学

从一九一九年至一九二一年,陈嘉庚在集美按照他心中的教育蓝图大刀阔斧地推进院校创立和建设,与此同时,他的胞弟陈敬贤在新加坡,遵照陈嘉庚的嘱咐全力以赴统揽公司的一切管理事务。三年来,陈嘉庚在福建创办学校,所耗费的资金巨大,他频频要款,而且用款很急,这让在新加坡主持经营的陈敬贤压力极大。为了祖国的教育事业,陈敬贤竭尽全力,在经济衰退,房价、股价、胶价狂跌的艰难环境中,努力抵抗颓势,维持企业发展,对办学给予支持。在陈敬贤的主持下,公司不仅厂房面积增加,而且业务有所拓展,胶品业务获利颇丰,熟品厂生产的产品种类也更加丰富。陈敬贤的才华令陈嘉庚大为赞叹。但陈敬贤因日夜忧思拼搏，压力巨大，孱弱的身体被拖垮，肺病与胃病多症并发，经抢救后脱险，但已无力继续苦撑经营，只好在一九二二年正月辞职回集美调养。弟弟病退，陈嘉庚只好放弃在集美长期居住的计划，回新加坡主持公司经营。

一九二二年，陈嘉庚回到新加坡，重新主持公司经营。在新加坡，他念念不忘国内的两所学校，源源不断地汇出巨款，支持厦门大学和集美学校，他甚至还预支所赚的钱，投入到两所学校的建设之中。此时他奋斗的所有重心，已全然转向办校，他经商的目的并非赚钱，而是兴办教育。为国育才的使命感推动陈嘉庚为办教育而倾囊付出。他在自己创办的《南洋商报》上发文提出了发展厦门大学的三个五年计划，希望十五年后，厦门大学一共能培养出两万余名毕业生。他为国选才育才的迫切之心，显而易见。

从一九二二年至一九二五年，在陈嘉庚回新加坡的三年间，公司各项业务大跨步发展，他的商业帝国达到鼎盛。一九二五年，五十一岁的陈嘉庚拥有一万五千英亩橡胶园，开设的大型机械化橡胶制品厂和各类工厂达三十余所，设立的商店及遍布世界各地的分支机构达一百多家，雇用的职工达两万多人，公司的"钟"标胶鞋、轮胎及其他橡胶制品，已成为国际品牌，畅销全球。陈嘉庚在这段时间大胆采纳了产销一线化的经营模式，这种经营模式，在一九二三年至一九二五年橡胶业市场良好时，给他带来了极大的利润，他建立了一个强大的橡胶工商业王国，公司的实有资产达一千二百万元。但是当橡胶工业出现熊市局面时，这种经营模式也将陈嘉庚的公司拖入深深的泥潭之中。

一九二六年，橡胶价格连连暴跌，加之陈嘉庚身边的几位得力助手自立门户经营橡胶业，参与同行竞争，陈嘉庚的公司陷入困境，胶市惨淡。至一九二八年，境况更加糟糕。雪上加霜的是，日本橡胶制品在东南亚削价倾销，使陈嘉庚的胶品制造厂遭受重击，损失更为惨重。在此艰难之际，陈嘉庚不忍放弃厦门大学与集美学校，依旧按期给两校提供经费。由于资金无法周转，他只能出卖橡胶园，三年下来，他的资产损失过半，仅存六百万元。

一九二九年,全世界爆发了有史以来最惨烈的经济危机。橡胶的价格急剧下跌,这给几乎倾尽全力经营橡胶业的陈嘉庚以沉重的打击,情况十分危急。陈嘉庚的家人劝他削减汇给厦门大学、集美学校的经费,陈嘉庚初衷不改,说:"我吃稀饭配花生仁就可以活,担心什么?"他自己可以简朴至极,但对两校耗费巨资的支持,却毫不犹豫。不少亲朋也劝他放弃对两校的支持,将有限的资金用于经营盘活公司,可他坚决不肯。他认为,如果两校关门,既耽误青年学生,又影响社会发展,而且他预感到,一旦停课关门,那么再开门也就遥遥无期了。这样一来,自己二十年来苦心办校所付出的一切,也将付之东流。为了维持两校的开支,他断然将自己的私家别墅卖了,然后将款项汇给厦门大学应急。与此同时,对于自己的企业及学校所需费用,他采取了继续向银行借贷的方式,艰难维持。

到了一九三一年,全球经济继续萎靡,陈嘉庚的企业经营状况更加困难,而几笔巨额贷款陆续到期。英国殖民政府早就对陈嘉庚的企业规模扩大、损害英国殖民者的利益有所顾忌，更难以容忍他将企业利润汇回中国办校的举动。恰逢陈嘉庚的企业经营出现困难，英国殖民政府便趁机给予扼杀。他们先密令英商债主银行，逼迫陈嘉庚按期归还四百万元贷款。在陈嘉庚无法偿还贷款时，逼迫陈嘉庚将私人公司改为股份有限公司，令他丧失对公司的掌控权。即使在这样的状况下，从一九三一到一九三三年，陈嘉庚仍旧每年筹集近三十万元，汇给厦大和集美学校，为维持学校正常运转殚精竭虑。

　　陈嘉庚想尽办法，力图扭转公司的颓败势头，可任他再怎么苦心经营，公司仍然处处受困，而他的困境与英国殖民政府处处设阻密切相关。他终于明白殖民政府为维护殖民利益，处心积虑扼杀华人企业的不良居心。一九三四年，陈嘉庚意识到，自己再怎么努力也都是白费气力，他只能忍痛将企业收盘。在收盘前，他将基础好的几家胶厂与食品厂分别出租或者转让给女婿李光前和族亲陈六使等人，并约定，获利后抽取一定金额作为厦门大学和

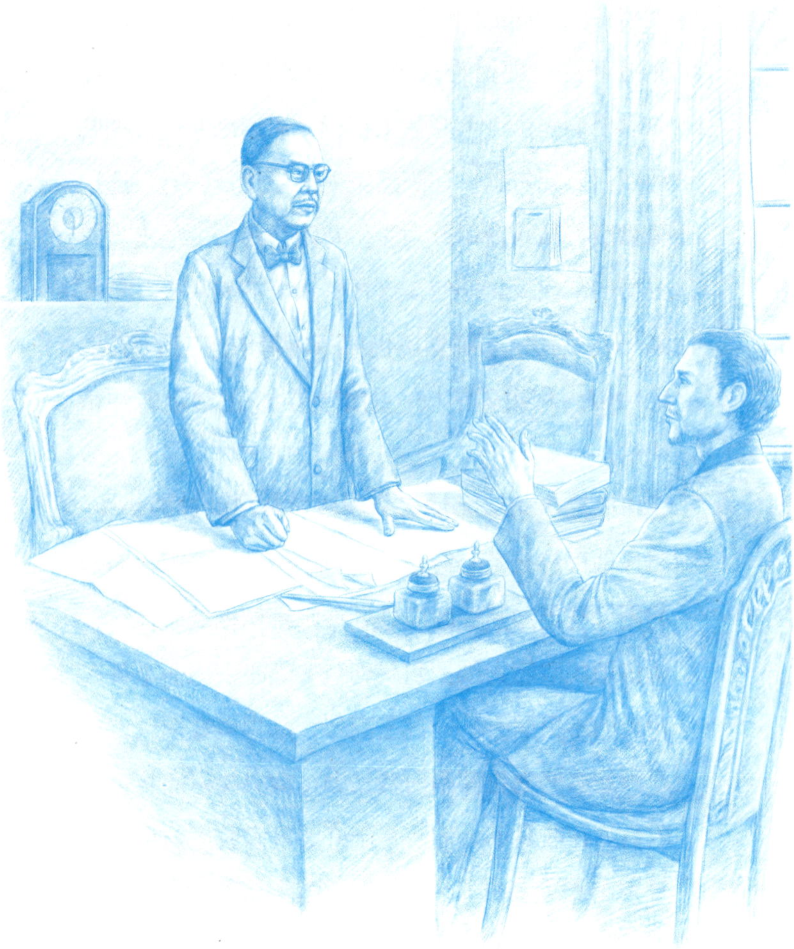

集美学校的经费。即便破产困顿如斯，陈嘉庚依旧放不下故乡的两所学校，初心不改，矢志不渝。

一九三六年，陈嘉庚的胞弟陈敬贤在杭州去世。陈嘉庚失去了骨肉兄弟，亦失去了一位最重要的帮手。为了厦门大学及在校师生的前途，陈嘉庚致函福建省政府和国民政府教育部长，愿意无条件将厦门大学交政府接管。一九三七年七月一日，南京国民政府接管厦门大学，并将厦门大学的体制改为国立，由福建籍物理学家萨本栋出任国立厦门大学校长。厦门大学改制成功之后，陈嘉庚集中力量，将他的主要精力放在集美学校上，专心致志地继续他的兴学大业。

当年陈嘉庚筹办厦门大学时，他曾在一次演讲中提到自己对于办学成败的考虑。他说，对于办学之事，他是抱着只能成不能败的心思去做的，因为如果他的尝试失败了，则一定会断绝后来者办校的信心，恐怕将再无人敢一试。这样，因为自己办学失败导致其他华侨不敢效仿，那自己所做的非但谈不上功劳，反而对中国有害。所以，当陈嘉庚踏上故乡，决定为国家尽民责之时，即已抱着"只许成功,不许失败"之心,已做好了为中国教育奉献一切的准备。因此,二十年来他破釜沉舟,为兴学而耗尽家财、竭尽心力的行为,也就不难理解了。

为抗日救国出力

陈嘉庚为办学倾尽家财，为社会福祉倾尽心血，这与他心中的理想密切相关。一九三四年，陈嘉庚沉浮商海几十年，历经无限风光而后铩羽而归，曾接受上海《东方杂志》之约，刊发《畏惧失败才是最可耻的》一文，他在文章中谈及自己的理想：推进祖国富强、民族振兴、社会进步、人类文明。为了实现自己的理想，陈嘉庚兴实业，办教育，并在国家危亡之际挺身而出，组织救亡运动。

一九三四年，陈嘉庚将企业收盘，撤出商战，住进了怡和轩俱乐部，潜心读书。虽然此时他已失去了资本，但他在新加坡华人社会，乃至整个南洋华人社会中所拥有的巨大影响力已不容小觑,他作为南洋华人社会领袖的地位已不可撼动。陈嘉庚在南洋侨界崭露头角,始于他独立创业之后。陈嘉庚之父陈杞柏在南洋打拼几十年,虽不是新加坡华侨福建帮的最重要领导,但在福建帮也有一定的影响力,参与了许多社会慈善公益事业。父亲为陈嘉庚留下了良好的人际关系与社会基础,陈嘉庚因代父偿债赢得信誉之后,父亲的人际关系和社会基础继续为他提供支持。这一切加之他自身的努力,一九一一年,陈嘉庚当选为道南学堂总理,在新加坡福建帮中进一步提升了影响力。一九一一年,陈嘉庚主持福建会馆保安捐款,支持孙中山领导的辛亥革命,此时的他已然成为新加坡福建帮的领导人之一。一九二九年,陈嘉庚接过福建会馆的领导权之后,成了新加坡福建帮的领袖。从一九一〇年至一九二九年,陈嘉庚在社会、教育与政治上为华人事务殚精竭虑,倾情倾囊付出,他的影响力逐渐从福建帮扩大到新加坡侨界,继而走向全南洋侨界。一九一七年,陈嘉庚领导了天津筹赈会,一九一八年倡办了南洋华侨中学①，一九二一年创办了厦门大学，一九二四年领导了闽粤水灾赈济运动，一九二五年领导了新加坡婴儿保育会，一九二六年扩建了南洋华侨中学校舍，一九二八至一九二九年领导山东筹赈会……他所领导的山东筹赈会成了一场深入的普及性运动，在新加坡华侨社会中获得了巨大成功，既获得了巨额义款，又得到了社会各界的广泛支持。领导山东筹赈会再次证明陈嘉庚是一位有着卓越的组织能力与领导魄力、仁厚正直、不惜牺牲、一心为公的南洋侨界领袖人物。他的身上被赋予了越来越多令人瞩目的身份——慈善家、南洋资本家、厦大及其他多校的创办人、工业家，中国以及英国政府皆认可的社会、政治领袖。尽管陈嘉庚的企业王国在一九三四年宣告坍塌，但他仍义无反顾地为抗日救国出力，成为影响华侨社会的一股强有力的力量。

一九三一年九月十八日，日本驻中国东北地区的关东军突然袭击沈阳，这是日本蓄意制造并发动侵华战争的开端。从此，中国人民开始了艰苦卓绝

---

① 原名为新加坡南洋华侨中学，后更名为新加坡华侨中学。

的抗战斗争。抗日战争全面爆发之后，东南亚华人掀起了轰轰烈烈的反日爱国运动浪潮。新加坡、马来亚很快就成立了二百多个救亡团体。由于南洋各地大多是欧美国家的殖民地，多持中立国立场，不允许华侨公开筹款援助中国的抗战，所以，华侨募捐是以筹款救济战区难民的慈善组织形式开展的。新加坡著名侨领叶玉堆、李俊承、陈延谦、周献瑞、李光前及陈六使等，一起去怡和轩俱乐部拜访陈嘉庚，请求他出面领导新加坡的筹赈运动。

一九三七年八月，新加坡华侨召开侨民大会，成立"马来亚新加坡华侨筹赈祖国伤兵难民大会委员会"，简称"新加坡筹赈会"。陈嘉庚被推选为大会主席，他个人认捐每月两千元，直到战事终止。"新加坡筹赈会"三十二位执委多为华侨社会领袖或者一帮之首，陈嘉庚统领"新加坡筹赈会"，调动新加坡华人社会资源，将筹赈活动推广至侨民群体之中。新加坡抗日爱国运动如火如荼开展起来之后，陈嘉庚又于十月在吉隆坡召集全马来亚十二个邦的华侨筹赈会代表开会，商定成立马来亚各邦筹赈会通讯处。

统领南侨的领袖

中国的抗日战争正激烈地进行着，日军一九三七年十一月占领上海，十二月攻陷南京，屠杀中国军民三十万人以上。不到半年，中国最富足的江浙平原、华北平原绝大部分重镇相继沦陷，这令南洋华侨痛心疾首。为了更广泛地发动南洋各地华侨团结一心，更有力地援助祖国，菲律宾侨领李清泉致信陈嘉庚，首先提出倡议：希望陈嘉庚领头，召集南洋各埠侨领于香港或者新加坡开会，讨论请国民政府派兵援闽及组织筹款总机关之事。同时，荷属吧城（今雅加达）侨领庄西言也来信，请陈嘉庚在新加坡组织南洋华侨总会，以统一领导南洋各地抗日筹赈救亡运动。

陈嘉庚正考虑时，忽然接到由新加坡总领事馆转来的国民政府行政院长孔祥熙（此时国民政府已经迁往重庆）的来电，询问在新加坡组织华侨领导机关的事。陈嘉庚立刻回复道：关于军事方面的考虑自己不赞成，如果只筹款则没问题。如果国民政府能以政府名义发电函给南洋各埠，在新加坡组织机关研究筹款，自己十分欢迎，并可以促进此事办成。

又过了二十天，重庆国民政府决定通过各驻地领事邀请南洋各埠侨领前来新加坡开会，并恭请陈嘉庚负责筹备，陈嘉庚义不容辞地接受了。两天后，南洋各地华侨救国会、筹赈会、慈善会、商会都收到了由陈嘉庚亲自拟定后签发、印制、寄发的《南洋各属华侨筹赈祖国难民代表大会通启》（以下简称《通启》）。这份《通启》还同时在南洋各地见报。

一九三八年十月十日，南洋华侨筹赈祖国难民代表大会在新加坡南洋华侨中学礼堂举行。来自南洋各地四十五埠的华侨代表一百六十八人齐聚一堂。陈嘉庚在大会上致辞，阐明大会第一要义在于组织机关,领导侨胞精诚团结、集思广益,加紧出力,增强后方工作。大会发表了宣言,庄重地向全世界宣告,中国的抗战是为抵御外侮而战,是为自卫而战,是为维护国际盟约而战,是为保障世界和平而战。中国前方的炮火一日不停,后方南洋华侨的援助也将一日不停,国家大患不除,则国民的大责一日不卸。陈嘉庚在会上呼吁:"愿我八百万同胞自今日起,充大精诚,固大团结,宏大力量,以为我政府后盾","各尽所能,各竭所有","踊跃慷慨,贡献于国家"……

为了使南洋各地华侨密切团结、精诚合作,发挥出最大的力量,大会决定组织"南洋华侨筹赈祖国难民总会"(简称南侨总会),负责领导全南洋的抗日救亡筹赈运动,陈嘉庚被一致推选为南侨总会主席,吧城的庄西言、菲律宾的李清泉为总会副主席。总会办公室设于新加坡怡和轩俱乐部。

南侨总会的成立,标志着南洋华侨爱国运动进入了一个新阶段。南洋各地八百万华侨史无前例地打破地域、帮会、行业、贫富阶层界限,为抵御外敌团结起来,在德高望重的陈嘉庚的领导下,在全南洋范围内形成波澜壮阔的群众运动，以财力、物力、人力和抵制日货、舆论宣传等方式援助祖国抗战，取得了辉煌的成就。陈嘉庚作为南洋八百万华侨的领袖，对外代表南洋华侨发声，对内领导各埠工作。南洋各地华侨能被如此广泛而有力地组织起来，华侨领袖陈嘉庚功不可没。

在陈嘉庚的统率下，南侨总会总结了南洋各地的募捐经验，制定了灵活多样、覆盖社会各个层面、长短期相结合的十二种筹赈方式，有特别捐、常月捐、节日献金捐、货物助赈捐、纪念日劝捐、卖花卖物捐、游艺演剧球赛捐、舟车小贩助赈捐、迎神拜香演戏捐等。这些捐赠中，南洋富侨的奉献不少，但更多的是南洋华侨平民无私捐献的血汗钱。陈嘉庚在自家生意已经收盘的情况下，仍带头认常月捐，每月捐两千元，直到抗战胜利。

据国民政府财政部统计，华侨自一九三七年至一九四五年，八年中募捐数额达十三亿元之多，其中南洋华侨的捐献比重最大，有力地支援了祖国抗战。华侨除了捐款，汇回祖国支援亲属的侨汇也数额巨大。一九三七年至一九四三年，通过银行汇回祖国的侨汇共达五十五亿元之巨,其中汇款人以南洋侨汇居多,这笔钱极大地支持了国内抗战;除此之外,华侨支持抗战所捐赠的飞机、坦克、救护车、大米及军需药品数量也极为可观。

敌未出国土前，言和即汉奸

七七事变之后，汪精卫曾发声呼吁："抗战到底，争取最后胜利！""中途妥协，只有灭亡！"但在南京沦陷之后，外电就曾报道汪精卫主张与日本和平妥协。对此，陈嘉庚根本不相信。陈嘉庚认为，日本先占领中国东北，而后又侵占华北，日本侵占中国的狼子野心就连小孩子都看得明白。如果和日本议和，则过不了几年，华中、华南定会相继沦陷，这是中华民族亡国灭族的浩劫，只有卖国的奸贼才会想到议和这条路。但是，不久后他又听到传言：汪精卫几次与德国驻华大使接洽，谈到与日本议和。对于这些消息，陈嘉庚难辨真假。待到广州、汉口相继沦陷后，欧洲路透社以头条新闻发出

"汪精卫发表和平谈话"的消息，陈嘉庚这才警觉起来，觉得这一年来，汪精卫主张议和的消息也许并非空穴来风。于是，陈嘉庚就以南侨总会主席的名义，给老朋友汪精卫发去电报，询问路透社刊发的汪精卫发表和平谈话的消息是否属实，并请汪精卫就此事做出回复，让南洋的华侨放心。第二天，汪精卫给陈嘉庚发来电报回复，大意是，两个国家打仗，最终总会休战和平的，而中国国力弱，如果不议和，肯定会亡国的，所以他认为和平是救亡保全的最好策略。陈嘉庚接到回电后，终于确信，外电所传闻的关于汪精卫主张议和的消息是真的。他紧接着又向汪精卫发了封长电报，驳斥汪精卫的错误主张。隔天，汪精卫回复电报，坚持议和是最佳策略，并要求陈嘉庚劝南洋华侨支持他求和的主张。陈嘉庚将自己与汪精卫往来的五封电报全部交给报社刊发。他知道自己已经无法挽回汪精卫卖国的决心，就又拟了一封电报，极不客气地斥责汪精卫像秦桧一样卖国求荣。这封电报还未发给报社，国民党驻新加坡总领事高凌百就赶紧到怡和轩，劝陈嘉庚收手。一方是南洋八百万华侨的领袖，另一方是国民党二号领袖，高凌百认为此事尚处于内部商讨阶段，不宜对外公开。但陈嘉庚并不理会，他急于遏制国内妥协投降的逆流，快刀斩乱麻，以除后患。他依旧将电报内容交南洋的报社刊发，并致电蒋介石，请求蒋介石践行庐山《抗战宣言》，贯彻焦土、全面、长期抗战策略，宁为玉碎、不为瓦全，以博得最后胜利，并提醒蒋介石注意谬谈和平的汪精卫，明察秦桧张昭之类的卖国贼。陈嘉庚唯恐重庆政府及国内各省继续对汪精卫保持沉默，就将自己给汪精卫的电报拍往重庆某报，请求刊登。不仅如此，为了更有效遏制国内议和逆流，他再次主动出手，重拳痛击，在中国抗战历史上留下了重要一笔。

一九三八年十月二十八日，国民参政会第二次大会在重庆召开，大会主席是汪精卫。当时，正值广州沦陷、武汉撤退的紧张时刻，中国政府和军队仍在坚持抗战，但汪精卫以国防最高会议副主席、中国国民党副总裁及参政会议长的身份，和他的支持者在临时首都重庆却依旧不收敛，半遮半掩地讨论"和平"，国民参政会就在这种立场不明的氛围下召开了。开幕之后,未到现场的陈嘉庚从新加坡发来了一份电报提案,如霹雳般拨开暧昧不明的议和迷障,棒喝一声,令众人警醒。电报提案的内容是"在敌寇未退出国土以前,公务人员任何人谈和平条件者当以汉奸国贼论",内容极简却意义重大。按会章规定,提案须有二十位参政员的联署才能提交大会讨论。陈嘉庚的电报提案一到,很快联署人员就超过了二十位,于是成为正式提案。汪精卫不得不以大会主席的身份极其难堪地宣读提案,在倾听大家激烈讨论时,汪精卫面色苍白,极度不安。最终,这个堪称伟大的提案获得通过,大会将原文修改为"敌未出国土前,言和即汉奸"。参政会主席汪精卫不得不再次难堪地高声宣读。寥寥十一个字,却字字重如千斤。之后,中外报纸纷纷报道并转载陈嘉庚的提案和他与汪精卫的往来电报,汪精卫的汉奸言行被公布于众,汪精卫成了众矢之的。著名记者邹韬奋撰文,盛赞陈嘉庚的提案道:"这寥寥十一个字,却是几万字的提案所不及其分毫,是古今中外最伟大的一个提案。"

汪精卫执迷不悟,于一九三八年与日本人签

订《日华协议记录》等三个卖国文件，并于十二月潜逃至安南。陈嘉庚立即发电报给中央政府，宣告汪精卫的卖国罪状，请中央政府革职通缉。陈嘉庚认为，如果中央政府不采取措施，汪精卫必将逃到南京投靠日本人当傀儡。但是中央政府还是碍于情面，没有缉拿汪精卫。之后，又过了八九个月，汪精卫从香港去了日本，中央政府才下了革职和通缉令，但为时已晚，汪精卫已成功叛逃。汪精卫叛国投敌后，还无耻地派党羽到南洋游说，寻求南洋华侨的支持。一九三九年八月，陈嘉庚以南侨总会的名义发表第二十一号通告，详列汪精卫的卖国罪行，号召南洋侨胞明辨汪精卫之流的汉奸行为，并继续捐资救国，支援抗战。各地华侨积极响应号召，讨伐汪精卫的卖国行径。陈嘉庚在关键时刻明辨忠奸，立场坚定，有力地打击了妥协投降派的嚣张气焰，坚持抗战，鼓舞国人斗志，为中国抗战做出了重要贡献。

招募南侨机工

一九三八年十月，广州沦陷，至此，中国沿海各港口和对外交通要道相继被日寇侵占，国际援华物资大批囤积在香港。这时候中国的海路完全被日本海军封锁，供应中国的物资唯有靠空运。运载物资的飞机，得从印度北方飞越喜马拉雅山脉才能到达国内，以这种方式运送物资，根本无法满足军需。因此，中国国民党政府命令，要不惜一切代价抓紧修通滇缅公路。滇缅公路以昆明为起点，经瑞丽、畹町与缅甸的中央铁路连接，贯通缅甸，抵达缅甸原首都仰光港，全长一千一百四十六公里，几十万志愿人员和中国劳工夜以继日地抢修，拼了命将这条运输生命线修通了。后来囤积在香港的货物大半先运送到仰光，而后从滇缅公路运往国内抗战前线；另有部分物资从安南运往中国的云南。滇越铁路被日军切断后，滇缅公路就成了中国与外部世界联系的唯一运输通道。

道路修通了，但崎岖难行，新手司机根本无法顺利上路，得有经验的司机驾驶才行，可当时的中国却没有技术过硬的驾驶员和机修工。国民政府西南运输处主任宋子良致电陈嘉庚，请求协助招聘驾驶员和机修工，以解决军火及物资运送的紧急需要。陈嘉庚以南侨总会的名义发出《南洋华侨筹赈祖国难民总会通告（第六号）》，动员年龄在二十至四十岁之间、技术娴熟的华侨司机和修理汽车的熟练工人回国支援抗战。应征者每月可得薪酬三十元，驾驶与机修兼能的多面手，工资略微高点。南侨总会将通知发出后，南洋各地援华抗日热潮汹涌澎湃。南洋华侨捐赠了三百多辆汽车及其他物资以供抗战。从一九三九年起，在不到一年的时间里，应聘回国的驾驶员和机修工就达十多批，共计三千二百多人。有一位机修工在南洋待了十余年，每月收入达新加坡币二百余元，但他义无反顾地放弃了高薪和优越的生

招募南侨机工

活条件，带上齐备的机器，说服了其他十多位南侨同伴一同应聘回国；出身于槟城殷实侨商之家的年轻姑娘白雪娇瞒着父母报名，参加南侨机工回国服务团。像他们这样抛开已有的一切，义无反顾地走向抗日最前线的南洋爱国驾驶员和机修工数不胜数。

陈嘉庚在怡和轩接见第一批回国服务的八十名机工时，曾对他们说"机工放弃海外的职业，愿回国服务，不但利益减少，工作亦较辛苦。然以青年有志具此牺牲精神，足为全马之模范，感召所及，不仅劳动界可增加出钱出力的意念，就是其他商学各界，更当有绝大之感奋，尤其是资本家看到诸君此种伟大牺牲之精神，应该更加出钱，庶可以对诸君而无愧"。

从一九四〇年十月起的五个月中，日寇每天出动飞机四百多次，不断对公路沿线的桥梁、城镇等重点目标进行轰炸。在战争阴霾笼罩下险象环生的滇缅公路上，南侨回国驾驶员及机工以赤子爱国心与一腔热血，抢运辎重、军队战士，组装和抢修车辆，配合中国军队和盟军坚强抗日，为抗战胜利建立了卓越的功勋。

组织回国慰劳视察团

南侨总会应国民政府的请求招募南侨机工回国支援抗战，可是国内政府官员贪污腐败，滇缅公路管理混乱，机工的待遇很差。滇缅公路的车站设备极其简陋，还缺少救济车和修理器具，货车常常在山地无人的地方抛锚。一旦抛锚，机工就只能在车上挨饿受冻，生病了也没人管。这些消息传到陈嘉庚耳中，他十分震惊。陈嘉庚牵挂这些回国援助抗战的热血机工，向重庆军事委员会发去电报，告知滇缅公路车站设备不周，管理不善，请求改进，然而却只得到重庆方面的敷衍。

到了一九三九年冬，中国沿海的重要出入口均被日军攻占，华侨很难回国，对于国内战争的状况、百姓生活境况都不清楚。陈嘉庚认为，海外华侨虽然每月捐款援助祖国，也派遣了机工回国服务，但并没有派代表回国慰劳抗日将士和受苦受难的祖国同胞，总觉得还没有做到位。他认为，倘若南侨总会派遣回国慰劳视察团，南侨代表亲身体会抗战以来中国政府与军队所做出的努力，让南侨代表看到中国政府与民众如何同仇敌忾，各党派如何团结对外，并将国内的好信息、好见闻带回南洋，告知广大华侨，必能使千万南洋华侨增强爱国之心，更积极地捐款，为祖国抗战提供更多财物援助。此外，陈嘉庚有个想法，倘若条件允许，他还想去八路军所在的延安看看，亲自感受一下延安的实际情况。

　　陈嘉庚决定组织回国慰劳视察团，简称"慰劳团"。南侨总会登报发出通告，并邀请南洋各地华侨筹赈机关派代表参加。通告附有简章，简章中明确规定，每个报名参加者需自己准备新加坡币一千二百元。慰劳团回国考察是个艰险的任务。抗战时期，国内局势千变万化，慰劳团此行会遇到什么危险与困难是谁也无法预料的。但南洋的爱国华侨们还是踊跃参与，很快就有五十多人报了名。陈嘉庚原本不准备随队出发，因为他觉得有三个困难摆在眼前：其一，不会说普通话，回国与人交流肯定不方便；其二，自己年纪大了，且久居南洋，已习惯了南方的气候，出行北上，身体不一定承受得了；其三，自己多年来腰骨常常疼痛，无法久坐，长途跋涉必有诸多困难。但后来有两件事令他改变了主意。其一，一些国民党人向重庆国民政府指出，慰劳团多为共产党人；其二，驻新加坡总领事高凌百忽然来见，毛遂自荐当团长，欲代表他参加慰劳团。陈嘉庚以慰劳团已有团长为由拒绝了。这两件事令陈嘉庚警觉起来，唯恐慰劳团回国考察的初衷受到其他力量的影响而变味，于是他便决定以南侨总会主席的身份同行。打定主意之后，他发电报给南侨总会的副主席庄西言和李清泉，相邀同去。李清泉当时在美国，去不了，而庄西言答应同行，而后，陈嘉庚又让南侨总会的秘书李铁民同行，兼做翻译。

慰劳团分三路回国，大部分人从新加坡集中出发，其他人员或从安南，或从仰光启程。陈嘉庚再三告诫慰劳团同行人员，此次回国视察是工作而非应酬游历，务必勤勉谨慎、自律检点。陈嘉庚在欢送会上说，自己无他物可以赠给慰劳团南侨代表们，只有"谦逊"二字。南洋华侨虽然源源不断地捐资，然尚未尽责，代表们当明白不足之憾，不可夸张自满。代表们代表的不仅仅是南洋一州或者一属，而是代表着全南洋千万华侨。一九四〇年三月六日，陈嘉庚亲率代表团，自带帆布床、蚊帐、洋式长衣、手电筒等物，从新加坡搭轮船出发，先到了仰光。仰光各界华侨争相欢迎，陈嘉庚毫不客气地和各界华侨磋商，要求抗战期间一切从简，开会应酬等项越少越好，最好联合办一次便可。三月二十六日，陈嘉庚到了重庆，在机场受到了重庆各界代表三千多人热烈而隆重的欢迎。临时欢迎茶话会就设在机场。陈嘉庚发表演说，对到场的记者阐明慰劳团回国及考察的原因与目的，并再次重申在仰光所提及的，回国视察系工作，抗战时期应一切从简，各界举办欢迎筵宴，联合办一次就够了。散会时，陈嘉庚发现别人为自己准备了轿子，而其他人则没有，就坚持和众人一起步行。

从江边到岸上，他走了三百级台阶。

　　陈嘉庚所住的招待所在重庆嘉陵江边，是国民政府花费五万元新建的。陈嘉庚后来又得知，国民政府为招待陈嘉庚及慰劳团专门开了会，成立了由外交部、财政部、教育部、政治部、宣传部、海外部、侨委会等近三十个党政部门组成的庞大的欢迎南洋侨胞回国慰劳团委员会，划拨了专款八万元作为接待经费，还向重庆市内有名的旅馆预订了房间，供慰劳团住宿。陈嘉庚得知后非常不安。他料想政府的预算花费如此浩大，则应酬宴会必定繁多，而重庆市内各界肯定也热烈仿效，不仅如此，之后慰劳团到其他省区，其他地方必定也按此标准接待，这样一来，不仅浪费钱，慰劳团的考察时间肯定也会拖延。如此行事，在平常都觉不妥，在抗战时期更为不妥。第二天，他只得登报发出启事，大意是："听说政府筹备了巨款招待慰劳团，我深深感谢。但是，慰劳团的费用已充分带来，愿意践行节约的新生活方式，不想再消耗政府或者民众的招待费用。况且，现在国家正处在抗战的艰难困苦时期，慰劳团尤其应当极力减少无谓的应酬，以免延长时间妨碍了工作,希望政府及社会各界原谅。"启事登报之后,陈嘉庚向政府组织部借了招待所前后两座空屋作为慰劳团的住所,床上用品等物件慰劳团都自带了。从慰劳团四月十四日全部抵达重庆至五月一日分三团出发,慰劳团除了向政府借了两辆客车,这两辆客车所耗的汽油由政府供给,其余费用如伙夫费、餐费等,计六千一百多元,统统由慰劳团自理。国民政府原本所拨的八万元巨款几乎分文未动。

在重庆的精彩演讲

陈嘉庚在重庆与蒋介石会面两次。第一次是三月二十八日,陈嘉庚与庄西言等人前去拜见蒋介石,蒋介石的夫人宋美龄也在场,这次是礼节性拜访。过了十几天,蒋介石夫妇在金碧辉煌的嘉陵宾馆设宴招待慰劳团,这是陈嘉庚与蒋介石的第二次会面。蒋介石问陈嘉庚,到重庆之后,所见情况如何。陈嘉庚以自己是政治方面的门外汉为理由不谈政治,只说自己看见重庆四处大兴土木,交通也很便利,整个城市蓬勃而又充满生气,很让人欣慰。但是,街上的人力车和汽车都太脏了。在马来亚,人力车和汽车不整洁,车主是要受罚的,因为这不仅仅关乎车辆本身,还关乎市容和卫生问题。对陈嘉庚提的意见，蒋介石很重视，立即记录在手册里。过了十几天，陈嘉庚发现重庆的人力车有所改观，但汽车还是不太干净。政府官员坐的汽车外表光洁，但如果俯下身看，有的地方依旧蒙着厚厚的泥土。

在重庆，陈嘉庚的日程安排得非常紧。在参政会欢迎茶话会上，陈嘉庚做了有关南洋华侨状况的报告，并对一九三八年的"敌未出国土前，言和即汉奸"的电报提案获得通过，感谢支持他的参政员。四月一日，他出席了国民参政会会议。

除了参加各项会议、招待宴会，会见国民党政要外，陈嘉庚还参观了化工厂、纸厂、钢铁厂、军械厂及一家专门制造军毯的合作社。

他发现常用于政府接待的嘉陵宾馆居然是孔祥熙的产业，深感震惊，并对政府允许公务员私自经营企业深感不满。而国共两党之间摩擦日益严重也是陈嘉庚非常不愿意看到的。国民政府副总参谋白崇禧就此事特意向陈嘉庚提出，国共两党目前关系恶化，似有剑拔弩张的架势。陈嘉庚听了非常焦虑，认为外敌当前，如果国家不幸分裂发生内战，则无异于自杀。陈嘉庚恳切请求白崇禧极力斡旋调解两党关系，一致对外，造福于国家民族。

中国共产党高级领导人叶剑英、林祖涵、董必武也是参政员，三人一起拜访陈嘉庚，四人座谈几个小时，谈的都是国共两党摩擦的事情。陈嘉庚告知三位共产党人，南洋华侨无党无派，自抗战后万众一心，捐资赠物，全力支持中央政府，并鼓励往故乡寄回侨汇，增加国家的外汇，支持国家的抗战。海外华侨希望国内能一致对外，直至获得最后胜利，如果不幸发生内战，华侨将大失所望。他非常希望各方都以国家利益为重。

几天之后，林祖涵与邓颖超接陈嘉庚到曾家岩的中共办事处，参加中国共产党在办事处举办的茶话会。茶话会有百余人参加，包括共产党的几位高级领导人叶挺、博古等。陈嘉庚在茶话会上发言，这是他在重庆最精彩的一次讲演。陈嘉庚代表南洋华侨，表达了众海外侨胞一致拥护中央政府，坚持抗战到底的决心，深切希望国内能团结对外，并恳切呼吁"两党关系人，以救亡为前提，勿添油助火"。他的发言深受大家欢迎。会后，陈嘉庚说想去延安看看，几天后，他便接到了毛泽东的来电邀请。

慰劳团于四月十四日全部抵达重庆后，令陈嘉庚感到欣慰的是，他三番五次要求精简应酬的诉求，终于有所改观。一九四〇年五月一日，慰劳团余下的四十五人（慰劳团全体到达重庆为五十人，有五人或生病或有家事回去）再分三团出发。第一团往四川、陕西、河南、湖北及安徽去；第二团往湖南、江苏、浙江、福建、广东与广西去；第三团往甘肃、青海及绥远等西北地区去。陈嘉庚没有随任何一团出发，他打算去延安看看，跟随他的是好友侯西反和秘书李铁民。

五月三日，陈嘉庚一行先到了成都。蒋介石当时兼任四川省主席，所以两人又见了两次面。一次是官方午宴，另一次是私人午宴。在私人午宴之后，蒋介石问陈嘉庚接着要去哪儿。陈嘉庚如实回答，去兰州、西安之后，如果有车可通，想去延安看看。蒋介石听后，当场诋毁共产党，同时毫不掩饰对陈嘉庚希望探访延安的不屑。陈嘉庚回答道，他代表华侨回国慰劳考察，只要是交通没有被封锁的地方,他就得去,这样才能把亲身所见所闻告诉南洋华侨,以尽义务。蒋介石听后,口气缓和了些,撂下一句:"要去可以,但别受骗。"从此,蒋介石对陈嘉庚更加不放心。

在赴兰州高山庙考察的路上,陈嘉庚见路边不到十岁的儿童衣服破烂单薄,穷得没有裤子穿,想到若到了冬天,这些孩子的日子肯定更艰难,他心里很难过。他还发现在兰州市内及乡村,女童缠足的风气依旧没改,而这种状况他之前在四川也见到过。陈嘉庚在兰州各界欢迎会上发言,呼吁早日废除缠足恶习,并呼吁在中国早日实施禁烟。

从嘉陵江到延河

　　完成兰州考察之后，陈嘉庚赶往西安与第一慰劳团会合。在西安，慰劳团和他的行动都被西安省政府派去的人监视着，监视者还屡次阻拦他与中共办事处的来往。

　　五月三十日晨，陈嘉庚由山西省政府接待科寿科长、侯西反和李铁民陪同，乘汽车往延安去。沿途有群众投送文书，内容大同小异，都是诋毁共产党的。陈嘉庚明白，这是国民党政府想通过民众投书的方式来施加影响。五月三十一日下午，陈嘉庚一行到了延安，出席延安各界三四千人露天举行的欢迎大会。陈嘉庚在会上重申慰劳团此行的目的，并转达了南洋华侨团结一致、捐资抗日的决心与信心。当晚，陈嘉庚入住延安招待所，它坐落在延安南郊的窑洞内。招待所十分简陋，门窗皆用白纸封贴。一到延安，他便感受到延安生活的艰苦。

第二天，因秘书李铁民意外受伤，他们在延安原定三天的考察期只能延长。当天下午，陈嘉庚去杨家岭拜访中国共产党领袖毛泽东。他发现，共产党的领袖所住的地方和办公的地方也都是窑洞。屋内的写字桌是村民用的桌子，式样老旧，非常简单。两人谈话时，有南洋女学生进来，没有向领袖敬礼便坐下，一起参加谈话，并不拘束。又有一男学生过来也一样，没有行礼便就座。之后集美学生陈伯达过来，也如此。陈嘉庚惊喜地发现，在延安，呈现出与国民党统治区大不相同的人人平等、无等级之分的新气象。晚上毛泽东请陈嘉庚吃饭，饭桌是旧的，就在窑洞外头露天摆着，桌上铺着四张白麻纸，以代替桌布。毛泽东请客的食物是以洋芋、豆腐等陕北农家菜为主的吃食，其中青菜、水萝卜等都是从毛泽东自己种的菜地里拔来的。饭桌上唯一拿得出手的一只黄焖鸡，还是几天前老乡送给毛泽东的。一席十人同桌吃饭，彼此无拘无束地

从嘉陵江到延河

畅谈。共产党人质朴平等的作风，令陈嘉庚印象深刻。晚餐后，毛泽东、朱德与王明陪伴陈嘉庚参加第二次欢迎会。在这次大会上，陈嘉庚的发言依旧集中于团结与抗战。

陈嘉庚从多方深入了解延安的情况，他从延安女子学校的学生那儿得知，这儿的农民生活比从前好过了，两年前她们刚来时，到处可见衣衫褴褛的人，还看见很多十岁左右的女童穷得没裤子穿。现在穿破衣的人很少了，更小的女童也都有裤子穿了。私人开垦荒地，政府第一年免税。他还从在延安法院工作的厦门大学毕业生某君处得知，延安治安良好，无失业游民，无盗贼乞丐，县长是民选，公务员如果贪污五十元会革职，贪污五百元会被枪毙。公务员薪水每月五元，膳宿医药、儿童教育等由政府承担。毛泽东夫人、朱德夫人也都得工作，才可以领薪。

相比重庆国民党官员讲排场的做派，延安共产党干部平易近人多了，这也令陈嘉庚感动。他和朱德到军校参观，学生正在打篮球，见到总司令也没行礼。有一位学生向朱德大声喊："总司令，也来赛一场！"朱德应声脱去外衣，立刻到球场和学生一起打了两场。而毛泽东也同样平易近人，令他印象深刻的是，毛泽东亲自到陪同陈嘉庚来的寿科长所住的窑洞里去，不在意对方仅是省政府的一个科长，与之深夜长谈，毛泽东的虚怀若谷、平易近人可见一斑。

毛泽东多次到陈嘉庚住的窑洞探访，一同用饭，他们所吃的饭食极简单，但毛泽东还是体贴地为陈嘉庚安排延安稀有的白米饭作为主食。两人促膝交谈，其中心议题仍是团结抗战。陈嘉庚直言，若内战爆发，海外汇款势必减少，希望尽量避免内战发生，若有任何问题，应留待抗战后解决。毛泽东毫不犹豫地答应了。毛泽东委托陈嘉庚见到蒋介石时，代为转告中共对蒋介石并无恶意，衷心希望两党能一致对外。同时，他希望陈嘉庚将自己在延安的所见所闻告诉南洋的侨胞们。陈嘉庚将毛泽东所托之事一一应承了下来，并表示，他不仅会如实告诉远在南洋的侨胞自己在延安的所见所闻，出了延安地界，有人向自己打听延安的情况，他也将如实报告。

六月七日,李铁民伤愈出院,陈嘉庚一行准备第二天离开。当晚,延安各界代表上千人在中央大礼堂为陈嘉庚举行欢送会,毛泽东、朱德等人出席。这是陈嘉庚来延安所开的第三次大会,陈嘉庚致告别辞时再次强调团结抗战是制胜的根基。

中国的希望在延安

九天的延安之行,让陈嘉庚感触颇深。他在重庆时,常听人说陕北延安人民的生活如何悲惨、穷困,稍有资产就被剥榨干净。他对这些话将信将疑,所以觉得必须眼见为实。到了延安,他看到民众生活并非像传闻的那样悲惨,商店自由营业,男女坐谈起居,也都自然有序,规矩本分。他看见南洋女学生在招待所吃晚餐之后,也敢夜行十里左右回校,这说明延安的治安很好。男女青年恋爱后结婚,到政府那儿签押注册,简简单单办理一下就可以了。无论男女,谁举止不规矩,也会受到众人鄙视。男女都穿得很朴素,没有人打扮得华丽出格。

对比延安和重庆，陈嘉庚发现，共产党与国民党政权有着完全不同的风貌。延安没有苛捐杂税，而国民党统治区赋税多如牛毛；延安的共产党领导人廉洁自律，军队将领的工资与普通士兵相差很小，而重庆的行政官可以私设产业，中饱私囊；延安没有乞丐，没有失业的人，人民的生活还过得去，而国民党统治区，平民百姓生活困顿；延安的干部平易近人，干部与平民人人平等，而国民党统治区官僚等级森严；延安处处弥漫着活力与朝气，男女关系严肃，服饰朴素，而重庆那边，滥设机关、酒楼应酬不减当年，男士穿着长衣马褂儿，清朝遗风还在，女人抹口红，穿旗袍、高跟鞋，染红指甲，虽然汽油短缺，私人轿车仍然充斥街头，即使在抗战艰难时期，酒吧夜总会常满，交际应酬不减当年，社会上依旧没有抛弃虚浮奢靡之风。他质疑，重庆那些达官贵人维持奢侈生活的金钱从哪里来？

陈嘉庚通过对重庆和延安两地的深入考察对比，明白了中国的希望在哪里。孙中山逝世之后，陈嘉庚曾把希望寄托在蒋介石身上。他密切关注着一九二六年誓师北伐的国民革命军动向，并对蒋介石领导的这一支队伍寄予厚望。一九二八年北伐成功，他是率先承认国民党政府的人士之一，并通电话给在法国的汪精卫，劝说对方放弃对南京政府的敌视。他这样做，是为中国着想，而不是为蒋介石个人，因为他深深意识到，中国急需和平稳定，以图维新强国。抗战以来，他发动侨团、组织侨民，源源不断地为祖国捐资汇款，援助国民政府抵抗外敌。他之所以如此坚决维护国民政府、支持蒋介石，是因为他深信，蒋介石是唯一能团结全国人民一致抗日的领导人。而现在，通过对重庆的考察，他开始质疑蒋介石是否能够领导人民重建家园。到了延安之后，他看到了中国共产党人坚持团结、坚持抗战到底的立场，被延安各界昂扬向上的精神状态所打动，尤感振奋。他由衷地认为，在延安的中国共产党人，拥有为民造福的"延安精神"，领导人勤劳能干、诚实廉明，以人民的利益为重，并在乡村实行政治民主化的政策，同人民一道抵抗日本侵略。在延安的共产党领袖毛泽东，令陈嘉庚敬佩。一九四〇年六月八日，当陈嘉庚向毛泽东挥手告别时,他仿佛看到了红星将照耀中国。

延安之行给陈嘉庚带来了一生之中最重要的一次思想转变。

深盼祖国团结一致对外

离开延安后，陈嘉庚一行继续赴山西、河南战区考察，而后返回西安，先后会见阎锡山、蒋鼎文、陈立夫、程潜、胡宗南、李宗仁等军政要员。这一路二十多天来，国民党人为改变陈嘉庚对共产党的印象，处心积虑制造一系列事端：阻止慰劳团赴朱德设下的宴会；在洛川唆使民众投书控诉共产党；在宜君军械被盗匪抢劫，却栽赃到共产党头上；陈立夫、蒋鼎文在西安和陈嘉庚见面时恶语污蔑共产党……这些上不了台面的做法令胸怀坦荡、行事磊落的陈嘉庚十分反感。

七月十七日，陈嘉庚回到重庆，见了周恩来，得知周恩来在重庆斡旋于国共两党之间，已经有一个月，依旧没有进展。七月二十五日晚，陈嘉庚应国民外交协会主席陈铭枢之约，做主题为"西北之观感"的演讲。当晚下着大雨，但会场仍挤满了听众，重庆各报馆的记者都来了。陈嘉庚如实说出了自己对延安的良好印象。重庆的十一家报馆中，有五家刊发了这篇演讲的大概内容，另五家保持沉默，唯有共产党人办的《新华日报》将演讲全文整理刊发了。陈嘉庚的演讲令重庆的国民党人极为不满，他们认为陈嘉庚以华侨领袖的地位如此发声，是在扩大共产党在国内的影响。陈嘉庚磊落坦然地面对非议，让人转达不满者，自己是凭良心和人格说话，无论在何处，如果要他演讲回国所见，他决不说违心话。

七月二十八日，陈嘉庚再次拜会蒋介石。在交谈中，陈嘉庚提起阎锡山曾说过的话——国民政府如果做得好，共产党自然无用，否则即使没有共产党，也会有别的政党兴起反对。蒋介石一听，勃然大怒，声色俱厉地大骂共产党，比上回在成都时骂得更激烈。蒋介石气得面色发红，愤怒地说："抗战要想胜利，必须先消灭共产党。"陈嘉庚见蒋介石如此生气，便不再多谈共产党，只坚持说道，华侨深盼祖国团结一致对外，内部事待胜利后解决，况且共产党无军械厂，实力单薄。说到这儿，蒋介石脸上才有了笑容。

陈嘉庚离开重庆前，蒋介石请他到黄山别墅吃饭。蒋介石三次问及陈嘉庚对国民党的印象。陈嘉庚推托不了，耿直的他又不愿意说违心话，所以他只能避而不谈，只坦言南洋华侨对国民党人的印象不佳。正吃饭时，空袭警报响起，众人立即从客厅走下几百级台阶往防空洞躲。蒋介石发现陈嘉庚没带拐杖，便将自己手中的拐杖给了他，自己与宋美龄相互搀扶着同行，这让陈嘉庚很感动。陈嘉庚在很多场合都提及此事，强调他和蒋介石并非私敌。

抗战期间，蒋介石以"维护统一领导"为名，严厉钳制言论，所有报刊出版之前，都必须通过新闻管制机构的检查，因此，民众的口舌都被封住。陈嘉庚赴延安考察后，毫不畏惧地仗义执言，中国青年新闻记者协会主席范长江曾撰文称赞他为"抗战以来，第一大胆敢说公道话者"。

成为英勇的斗士

七月三十日,陈嘉庚登报声明南侨慰劳团任务完成,并于当日早上乘飞机到昆明,了解滇缅公路禁运前后的运输情况和华侨机工服务及待遇改善情况,发现机工居然没有全部领到南侨总会捐赠的物资。此后,他又去了西南联大,做主题为"西北考察之观感及南洋侨胞之近况"的演讲,勉励学生们挑起建国重任。八月赴广西,九月抵广东、江西,至九月下旬抵达福建视察,陈嘉庚一路辛劳。在福建视察期间,他了解到福建省主席陈仪视人命如草芥,不仅虐待壮丁,而且鱼肉百姓。自政府管制运输之后,米价大涨,民不聊生,多位贫民投江自杀,警察捞出的尸首就达八百余具。于是他上书陈仪，要求改善闽政，撤销运输管制。陈仪不加理睬。陈嘉庚转向蒋介石求助，可蒋介石不予搭理。陈嘉庚回想起这一路以来所见的政府的种种腐败现象，对国民党和蒋介石深感失望。十一月一日，他来到故乡集美，徘徊良久，不愿离去。因日程已排定，他不得不继续前行。途中经过一个山坡，他和好友侯西反一同登上坡顶，眼望故土草木苍翠，集美校舍白墙红瓦，心中悲欣交集，叹息道："余今登此望见集美校舍，是否此生最后一次？"侯西反一惊，问他为什么这么说。陈嘉庚回答，陈仪如果不改变祸害福建的苛政，或者不被罢免，自己一定会与他抗争到底。如此必然得罪陈仪，又怎能回得了由陈仪主政的家乡？即使陈仪被免，战争胜利后，国民党政权如果继续施行苛政，自己肯定还将极力反对，而国民党人肯定也会将自己视为眼中钉，自己还是无法回来。只有腐坏的政府倒台，自己才有回家乡的希望。

陈嘉庚怀着悲愤的心情离开故乡，去看望了内迁安溪的集美学校师生和内迁长汀的厦门大学师生，而后于十一月十七日离开长汀，经赣州回到云南，取道滇缅公路离开中国。

陈嘉庚到达仰光时，已然成为一名英勇的斗士，为反对陈仪、争取福建省的社会与政治改革，为反对蒋介石并呼吁全国团结抗战而战。不久后，还为了保卫新加坡人民抵抗日本侵略者而战。

一九四〇年十二月，陈嘉庚在仰光对华侨做了长时间的报告，他详细报告了慰劳团回国历经十五省的行踪与所见所闻，汇报了国内的交通、经济、治安、士气、人力情况，并从资金补给上客观详细地分析了海外华侨对支援国内抗战所做出的巨大贡献。他还分析了当下中日两国军事力量的对比，指出日本军队的士气与兵力大不如前，而中国各方面情况却有了很大进步，加之海外华侨在资金上对祖国的大力支持，陈嘉庚毫不犹豫地做出中国必将取得抗战胜利，而华侨"实与有荣焉"的结论。他的发言令海外华侨为之振奋。在福建会馆所举办的欢迎会上，陈嘉庚向福建华侨揭露了陈仪苛政的四大罪状——统制运输、官企与民商争利、田赋剧增、虐待壮丁。一个月后，他回到新加坡，又将陈仪的罪状增添了四项：各县长强征各项赋税；遍设特务网；关闭私人师范学校，实行镇压性教育政策；高官舞弊。在呼吁海外华侨齐心争取改善福建政治生态的同时，他依旧不忘提醒侨胞继续资助中国抗战。

陈嘉庚与蒋介石在重庆作别后，一路向蒋介石呈报电函，蒋介石都有回复。但自从他向蒋介石呈报陈仪祸害福建之后，一连发了几封电函蒋介石均不搭理。陈嘉庚到了新加坡之后，给蒋介石夫人宋美龄汇寒衣款八十多万元，宋美龄也无回复。陈嘉庚明白，他为民秉公直言，却因此再次惹怒了蒋介石，两人关系恶化之势无法挽回。蒋介石专门派海外部长吴铁城南下南洋各地，表面上是慰问海外抗战华侨，实际上是派吴铁城去加强南洋的国民党势力，促进反共，遏制陈嘉庚在南洋的影响力。陈嘉庚坚持不懈地讨伐陈仪并争取国共团结，与吴铁城、高凌百的冲突日益白热化，与国民党之间的裂痕愈来愈大。

一九四一年三月，南侨总会第一次大会召开前夕，新加坡和马来亚的国民党人四处活动，他们利用政府的财力和权势，通过几家报馆，不指名地斥责陈嘉庚口是心非假爱国、挟制侨胞谋私利，大肆败坏陈嘉庚的声誉。陈嘉庚根本不屑于应对国民党这样的下作行为。在蒋介石的授意下，国民党中央委员会委员王泉笙亲自到爪哇，鼓动南侨总会副主席庄西言反对陈嘉庚。与此同时，蒋介石又命令国民政府外交部出面，敦促英国驻重庆大使发电函给新加坡总督，密告陈嘉庚的主要助手李铁民、胡愈之等人为共产党分子，要求在南侨代表大会召开之前将他们驱逐出境。面对国民党如此凶猛的攻势，陈嘉庚考虑再三，在南洋各报发表启事，号召所有华侨维护团结，声明自己将引退，请各属华侨代表不要再选举自己担任南侨总会主席。陈嘉庚声明引退的启事刊发后，南洋的华侨社会大为震惊。南洋华侨拥戴陈嘉庚，纷纷来电挽留。南侨总会有两位副主席，副主席李清泉刚刚去世，此时，另一位副主席庄西言是关键人物。陈嘉庚表明退意的启事一发表，庄西言态度坚决，认为"无处再觅此好人"，力挺陈嘉庚。新加坡总督府也支持陈嘉庚，断然拒绝将李铁民等人驱逐出境的要求。国民党"倒陈"的企图彻底失败，为了稳定南侨总会，以继续获得华侨财力支持，蒋介石只好召回吴铁城，派组织部部长朱家骅出面挽留陈嘉庚。

一九四一年三月二十九日，陈嘉庚主持召开南侨总会第一次会员代表大会。三月三十一日下午，大会进行选举，到会代表一百五十二名，陈嘉庚以一百五十一票再次当选南侨总会第二届主席。紧接着，陈嘉庚于四月一日在新加坡召开南洋闽侨大会，决意组织南洋闽侨总会，以统一领导救福建脱离陈仪苛政苦海的工作。南洋福建华侨在闽侨总会的领导下，一波请愿运动汹涌而至。全南洋一百多个闽侨社团组织发函发电向国民政府请愿，要求查办陈仪，改善福建政治生态。在南洋华侨和国内外舆论的压力下，国民党政府被迫查办陈仪治闽之事，将陈仪调离福建。陈嘉庚为解救福建人民脱离苛政苦海殚精竭虑，不惜与国民党当局直面抗争，终于守得云开见月明。

虽然陈嘉庚与国民党当局的斗争获得胜利，但几个月来，他所受的折磨与煎熬，所见的诸多可鄙下作的政治手段，令他对国民党当局和蒋介石彻底失望。经过慎重的考虑与思量，他将中国的希望寄托于延安。在他所著的《南侨回忆录》中,他写道:"至延安视察经过,耳闻目睹各事实,见其勤劳诚朴,忠勇奉公,务以利民福国为前提,并实行民主化,在收复区诸乡村推广实施,与民众辛苦协作,同仇敌忾,奠胜利维新之基础。余观感之余,衷心无限兴奋,梦寐神驰,为我大中华民族庆祝也。"

坚守新加坡

一九四一年十二月七日,日本偷袭珍珠港,太平洋战争爆发。十二月八日凌晨四点,酣睡中的陈嘉庚被窗外的巨响惊醒,随之而来的是刺耳的警报声。陈嘉庚顿时明白过来,新加坡遭到了敌机轰炸!新加坡是英国属地,日军袭击新加坡,也就是对英国开战。

看到硝烟弥漫的新加坡,陈嘉庚悲欣交集,他既为新加坡遭袭而感到悲愤,同时心头又感到一阵宽慰。在《南侨回忆录》中,他写道:"欣慰者何,我大中华民国对敌抗战不孤,而最后胜利决可属我也。"陈嘉庚为中国不再孤军奋战而感到欣慰,全然不顾自家性命安危和在新加坡所拥有的一切也许会因战火而化为乌有。

令陈嘉庚意料不到的是，貌似强大的英军在日军的攻势下，居然如此羸弱，节节败退。有人劝陈嘉庚尽快离开新加坡，但陈嘉庚却坚持留守。十二月十七日，总督汤姆士派新加坡警察总监狄更生到怡和轩，请陈嘉庚去总督府商量要事。陈嘉庚见了总督，总督请求他组织人挖掘防空壕沟，并请他劝市民也同样这么做。陈嘉庚即和各界华人首领开会，部署防御工作。十二月二十五日，总督召集约五十名华侨领袖到总督府，商讨华人参加防卫的事，并提议成立华人动员会，以调动华人的力量共同保卫新加坡。陈嘉庚对此表示赞同，却不愿意当动员会的主席。陈嘉庚以自家树胶受损、内外交困、无力承担重任为由推托。可总督认为唯有陈嘉庚才有能力在此危急时刻将华侨的抵抗力量凝聚起来，因此几番托人劝说。

十二月二十八日，总督汤姆士召集新加坡各界领袖、华侨及中西报界代表二百余人开会。这是总督就华侨参与防卫事宜召开的第二次会议。在这次会议上，陈嘉庚接受了总督的委托，指挥在新加坡的华人开展防卫工作。汤姆士总督所召开的这次紧急会议，实际上是一次授权仪式。在这次紧急会议上，英国殖民当局第一次承认华人是新加坡人民的主体，第一次承认华人有能力领导全新加坡人民抵抗外敌入侵，并史无前例地将部分权力首次转授给华人，为新加坡的华人史写上了意义深远的一笔。

十二月三十日，陈嘉庚召集新加坡各界华人在中华总商会开会，共商华人防卫工作。此会议诞生了一个由二十一位国民党、共产党和新加坡无党派华人组成的新加坡华侨抗敌动员总会（以下简称动员总会），主席为陈嘉庚。动员总会下设总务股、劳工股、保卫股、武装股和宣传股。陈嘉庚成为新加坡战时地方行政首脑之一。美国《时代》周刊曾如此报道动员总会："战争初期，一个以陈嘉庚为主席的华侨动员总会成立了。他表现出色，在劳工问题上竭尽所能。新加坡沦陷前数周，在动员总会的安排下，中国劳工每日清晨七时在预定处集合，然后卡车即将他们运载至所需之处所。其中大约两千名负责清除废墟，五百名负责挖掘壕沟，或为机场及运输提供劳力等。劳工匮缺的问题始终存在，这个问题渐渐变得严重，惟不管情况如何，华侨动员总会皆不懈地设法解决困难。"在陈嘉庚的领导下，动员总会内部空前团结，无论是国民党人、共产党人，还是无党派华人，大家同仇敌忾，齐心协力，密切配合。在动员总会的指挥下，新加坡华人热心投入民防工作，槟城沦陷时的混乱状态没有在新加坡重现。动员总会的武装股招募三千名华人，组建了抗日义勇军。

新加坡华侨动员总会成立之后，马来半岛上的战事更加激烈，日军平均每两天就攻下一个州府。新加坡的局势空前紧张，每天出港的客轮都满载着人撤离。陈嘉庚数次婉拒亲友让他离开的建议。一九四二年一月十五日晚，陈嘉庚的族亲、橡胶业巨子陈六使又到怡和轩，极力劝说陈嘉庚离开。在此危急之际，陈嘉庚不顾自家安危，心中所系的依旧是祖国家乡。陈嘉庚请求陈六使趁此时汇费低廉，汇款两千万元回国存于祖国，待抗战胜利之后，他可以用这笔款在福建开办一家兴业银行，投资建设家乡。陈六使被陈嘉庚的爱乡深情所感动，第二天便汇出七百万元回中国。几天后，陈嘉庚又动员在美国开会的李光前汇款一百万元回福建。这八百万元由集美学校校董陈村牧和陈水萍保管，存入银行生息，战后成为一笔数额可观的资金，对集友银行的创办和集美学校的发展，都起到了巨大的作用。

　　日军已兵临城下，一九四二年一月三十日，种种迹象表明，英军将从新加坡撤退，放弃新加坡了。陈嘉庚和动员总会的几人赴总督府了解情况，总督坦言，所有飞机船只都已撤离了，对诸侨领的疏散爱莫能助。总务股主任叶玉堆问总督，重庆方面可有提及撤离侨领的事，总督摇头说没有。陈嘉庚明白，他们这些不与国民党政府同流合污的侨领，已被蒋介石视为弃子，任其自生自灭了。

艰险的避难之途

一九四二年二月一日,日军占领柔佛,开始进攻新加坡。面对强敌,英军总司令部开始向千名华侨抗日义勇军配发旧式步枪,命令他们镇守前线。陈嘉庚对组织华人武装及配备武器十分不满。他认为,武装抗击日军是英军总司令部麾下的正规军人该做的本分事,他预见这一千名毫无作战经验、被临时组织起来的华人青年,仅凭一腔热血以血肉之躯对抗训练有素的敌人,将会白白送命。况且如此做,日军入境后必有借口报复华人。他对英国政府的狡猾残忍和同胞将白白赴死而悲愤痛心。至此,陈嘉庚明白大势所趋,英国殖民政府视新加坡如弃子,新加坡沦陷就在旦夕间,不可再做无谓的牺牲。二月三日清晨，在新加坡坚持至最后一刻的陈嘉庚强忍悲痛，在友人的帮助下，乘坐小汽船离开新加坡，开始了他长达三年的避难生活。他随身携带着剧毒药品，随时准备以死殉国。

一九四二年二月十五日，新加坡英国中将白思华率领十余万英军向日本投降，新加坡沦陷。日本将领山下奉文将新加坡改名为昭南岛，新加坡成为日本的"昭南特别市"，十三万英国联军沦为战俘。日本人对英国联军的战俘还算客气，但对在新加坡的华人则毫不手软。二月十八日，山下奉文命令新加坡警备司令河村三郎："将潜伏着的持敌对态度的华侨连根铲除，以绝我军作战的后顾之忧。"日军开始实施针对华人的"大检证"行动，良善的华人不知道，这就是针对华人大屠杀的开始。华人听命令聚集到指定地点，日军立即用沙包和铁丝网把出入口堵住，然后开来坦克，架起机枪，就在刺刀下进行"检查"。日本人盘问"你认识不认识陈嘉庚""有没有人参加过义勇军"等问题。盘问只是形式，无论回答什么，最后能过关者极少。日本人把随意扣留的人押上军车，一车车载到海边或僻静处屠杀。在这场惨绝人寰的新加坡"大检证"中，有五万到十万华人遇难。陈嘉庚之前的预判不幸成真。

日本人悬赏百万荷盾（荷兰王国的货币）捉拿陈嘉庚。陈嘉庚先乘船到了苏门答腊，在当地华侨的保护下从巨港离开，前往荷属殖民地中经济最为发达的爪哇岛。二月二十八日陈嘉庚抵达吧城，住在南侨总会副主席庄西言位于吧城的家中，而庄西言一家早移居到了数十里外的芝巴容别墅。三月一日，陈嘉庚去芝巴容别墅见了庄西言，而此时，日军已经在爪哇岛登陆了。庄西言想起了一个避难的好地方——好友陈泽海在芝巴容附近展玉区的橡胶园。庄西言护送陈嘉庚去橡胶园，并陪伴他住下。他们刚住下，吧城告急。日军占领吧城后得知陈嘉庚已到爪哇，估计他来爪哇必定会去找好友庄西言。日本人在吧城没抓到庄西言，就把庄家一家老小软禁在家中，逼迫庄西言现身。为了家人，庄西言决定回去。陈嘉庚知道，日本人表面叫嚣着要抓庄西言，实质上真正的目标是自己，陈嘉庚就对庄西言说，如果日本人审问自己的下落，让他尽管实说，他有办法应付。可庄西言誓死保护患难侨友，被捕后即使受到日本人的严刑拷打逼供，也未泄露陈嘉庚的丝毫踪迹。庄西言被日寇关押了三年零四个月，直至日本战败投降才获释。陈嘉庚在挚友的誓死保护下幸运逃生。

不久，陈泽海的橡胶园也被日本人盯上了，为了不连累陈泽海，陈嘉庚在厦大、集美校友的陪护下欲前往泗水，可他们买不到去泗水的车票，只能改道去梭罗。在去梭罗的日惹车站里，日本宪兵检查乘客证件，陈嘉庚趁乱乘车，第二次幸免于难。到了梭罗他们才知道，日军一连数天在泗水等地逮捕侨领，各车站码头都严加盘查，幸亏他们没买到去泗水的车票，否则无异于自投罗网。

在梭罗的厦大校友黄丹季毅然承担起护卫校主的工作，黄丹季在梭罗租了一幢平屋，与共同护卫陈嘉庚的刘玉水及郭应麟、林翠锦夫妇一家一起搬入，组成一个有大人有孩子的"家庭"。他请陈嘉庚将头发和胡须剃掉，穿上对襟汉服，以防轻易被认出。陈嘉庚化名"李文雪"，取得了一张老华侨的身份证，在梭罗住下。暑天到了，梭罗炎热潮湿，陈嘉庚牙痛病复发，于是一行人便迁至玛琅。

在玛琅，陈嘉庚又遇到几次险情。有一次，日本宪兵要抓隔壁的荷兰军医，误闯进陈嘉庚所住的屋子。宪兵如狼似虎，幸亏屋内人都还镇定，最终虚惊一场。还有一次，陈嘉庚正在躺椅上看书，一个日本军官突然闯入，用印尼话呵斥道："你是谁？你是谁？"陈嘉庚镇定地合上书坐起，但不回答。这让日本军官更恼怒了，他正要动粗，黄丹季闻声从里屋走出，急中生智，对军官示意，这位老人家耳朵听不见，将日本军官好言劝走。幸亏黄丹季灵活应对，而陈嘉庚遇事不乱，这回与日军的零距离相遇才化险为夷。日本宪兵不断搜捕陈嘉庚，黄丹季等人跟随守护陈嘉庚，为他的安全寝食难安、愁容满面，陈嘉庚反倒安慰他们放宽心，笑言道，人生自古谁无死？如果落入敌手，自己决不当傀儡，已做好了最坏的打算。

黄丹季等人怎能不担心？他们又将陈嘉庚转移到峇（bā）株等埠。如此动荡的生活，过了整整半年。陈嘉庚在苏门答腊、爪哇避难期间，化名进入敌营做翻译的中国爱国诗人郁达夫、与陈嘉庚名字仅一字之差的陈嘉琪都曾机智地为陈嘉庚化解危机,而厦大、集美校友和当地华侨更是不遗余力地保护陈嘉庚。陈嘉庚在众多华人同胞的保护下,度过了性命攸关的严酷考验。

走过死亡的幽谷

一九四三年三月间,陈嘉庚再次回到玛琅。避难之中,他回顾往昔,念及回国慰劳团进行的考察,探悉福建省民众遭受陈仪野心苛政之惨状,觉得这些都不可不记录。同时,为了让后人知晓南洋华侨支持祖国抗战的大事,不至于让后人误以为在中国前所未有的民族大危难时刻,海外南洋千万华侨坦然置之度外不顾祖国,陈嘉庚决定撰写《南侨回忆录》。自一九四三年三月开始,陈嘉庚提笔撰写《南侨回忆录》,历经三个月时间,书写了三十万字。陈嘉庚客居他乡,追兵在后,身处险境,但他将生死置之度外,呕心沥血地写作。因身边未带任何文字资料,陈嘉庚便凭着惊人的记忆力与毅力，将自己亲历的事件以及所见所闻所感逐一回忆，翔实地记录下来。陈嘉庚在《南侨回忆录》中如此阐述写这本书的动机和书的主要内容："自新加坡失陷，避匿爪哇，闲暇无事，乃思写此《回忆录》，不但使海内外同胞知南侨对抗战之努力，以及对祖国战时经济之关系，亦可免后人对今日侨胞之误解也。为记述南侨对抗战之工作，故并余以前些少服务社会之事及南侨概况约略记之。书末复附个人企业追记一篇。全书计三十万言，最大部分为记录南侨襄助祖国抗战工作，次则为余服务社会之经过，再次为个人以前之营业状况。所以补记个人之事，则因先有营业而后能服务社会。继而后得领导南侨襄助抗战工作也。""本书节数五百余，头绪繁多，系按时间先后记录，非按事件之性质，故粗观目次，不能明其内容，兹按其性质略分为以下诸项：一、福建光复时本坡汇款接济及孙总理回国事。二、集美厦大两校经过及南洋华侨教育事。三、福建救乡会及济南惨案及其他社会事件。四、七七抗战后南洋各属筹款会及南侨总会工作经过。五、机工及慰劳团回国及余亲历十余省见闻之状况。六、陈仪祸闽及余抗议事。七、余与蒋委员长毛主席及各战区司令官长等人恳谈之语。八、日寇南侵华侨抗敌动员及沦陷事。九、战后补辑附《住屋与卫生》《中国与安南》诸文。十、个人企业追记。"《南侨回忆录》连同《战后补辑》《个人企业追记》是现代华侨史上最重要的文献之一。

在陈嘉庚撰写回忆录期间，日本宪兵对他的搜捕从未停歇。几度在玛琅、峇株等地往返躲避，令专注于写书的他不胜其烦。如此接近死神的他，愿意以性命换得真实历史记录的呈现，向死而生。他在峇株住下，听任险情步步逼近，拒绝搬迁躲避，迸发出惊人的毅力与力量。一九四四年二月，他在峇株完成了极具历史价值的《南侨回忆录》。抗战胜利后，多达三十多万字的《南侨回忆录》得以出版发行，在海内外影响巨大，这也是陈嘉庚先生留给世人的一份厚重的精神财富。

一九四五年八月十五日，日本宣布无条件投降。陈嘉庚从玛琅返回新加坡。印度尼西亚人民军最高统帅苏加诺派人在沿途各火车站护送陈嘉庚到机场。十月六日，陈嘉庚离开吧城，登上飞往新加坡的飞机，结束了他在爪哇三年半的避难生活。

三年半的避难生活中，陈嘉庚经历了重重磨难，但连死神也摧毁不了他的坚强意志。在黄丹季、郭应麟等集美学校和厦门大学校友的冒死保护下，陈嘉庚走过了艰险之地，于他而言，这段经历又是一段求存、撤退与新生的过程，他拥有了更多时间去思考与写作，获得了丰硕成果。一九四〇年回国慰劳与视察，让陈嘉庚从思想和政治上获得了更敏锐和准确的判断力；而在爪哇避难的磨难，则增强了他日后政治斗争的韧性与胆魄。在战火中淬炼而后浴火重生的陈嘉庚拥有了钢铁般的意志，视野更加宽广，对家国和自己的命运、前行的方向更为乐观和自信，拥有了更丰沛的智慧和力量。

结束避难流亡的日子

随着抗日战争结束,陈嘉庚避难流亡的艰苦日子终于结束了。即将离开爪哇赴新加坡的陈嘉庚,在厦大、集美校友数十人为他举办的欢送会上说:"日本投降了,明天我就要回新加坡。有很多事还没有完成。今后当尽我有生之年,为社会、为国家效力!"他还嘱咐华侨,要为华侨教育事业努力,并帮助印度尼西亚争取独立。他深深感谢厦大、集美校友不顾危险给予他的保护与帮助。一九四五年十月六日,陈嘉庚离开吧城回到新加坡,并以华侨领袖的名义致电八月十七日刚刚宣布独立的印度尼西亚共和国总统苏加诺,表达了华侨对印尼人民独立事业的支持和对两国人民友谊长存的美好祝愿。

十月二十一日,新加坡各界五百个社团联合举行了欢迎陈嘉庚安全归来的万众欢迎大会。陈嘉庚平安归来,在中国国内同样引起极大轰动,从重庆到延安,人们欢欣鼓舞。十一月十八日,各方人士在重庆为陈嘉庚的平安归来举行了隆重的庆祝会。无法亲临现场的中国共产党中央委员会主席毛泽东所赠的条幅最为醒目,上边是毛泽东亲笔题写的"华侨旗帜,民族光辉"八个大字,对陈嘉庚做了历史性的高度评价。

此时,印尼苏门答腊部分地区,发生了华人与当地人的摩擦事件。作为南洋华人当之无愧的领袖,陈嘉庚对此极为关注,并立即通告当地华侨,务必与当地印尼人保持良好关系,并致电苏加诺,请印尼政府出面做同样的通告,务必让当地印尼人与华人保持良好关系,以期两民族传统友谊得到进一步发展。对于一九三九年回国参加抗战的三千二百名南侨机工,陈嘉庚一直记挂在心。这些南侨子弟当年放弃在南洋的优渥环境,满怀一腔爱国热血,为维护滇缅公路运输舍命工作,为祖国的抗战事业立下不朽功绩。缅甸失守之后,他们中大部分人流离失所，有三分之一的人在抗战中丧生而成了无名英雄。抗战胜利之后，幸存者的归宿时刻牵动着陈嘉庚和全体侨胞的心。经过陈嘉庚的努力，国民党政府终于同意与国际组织"联总"（即联合国善后救济总署）合作，并于一九四六年十一月将申请回南洋的千名机工及家属送返南洋。

抗战胜利后，当人们还沉浸于喜悦之中时，陈嘉庚却已开始为中国的未来、为国共两党关系的恶化而发愁。自一九二七年"清党"以来，蒋介石无时不视中国共产党为心头大患。中国共产党在抗战期间坚持打击日寇，坚持团结大多数人的抗日民族统一战线，赢得了人民的信任，壮大了自己的力量。到一九四五年五月，共产党领导的军队已发展到百万人，中国共产党党员达百万人。蒋介石在抗战后期让国民党数百万精锐部队撤离前线，退居后方以保存实力，准备消灭共产党，剑拔弩张之势有目共睹。为了争取苏联的支持，蒋介石派其子蒋经国与外交部部长宋子文赴莫斯科与苏联谈判，一九四五年八月，国民党政府与苏联签订了《中苏友好同盟条约》，同意让中国领土外蒙古"独立"，让苏联在旅顺建立海军基地，恢复苏联在大连港和中东铁路、南满铁路的特权。国民党政府用丧权辱国的《中苏友好同盟条约》换来了苏联对国民党政府的支持，对此，陈嘉庚义愤填膺，他于一九四六年二月二十一日发出南侨总会战后第八号通告，坚决反对割让外蒙古及其他丧权辱国条款。通告中，他铿锵有力地指出："我国历史记载，祖宗土地，尺寸不得让人，反是则为国贼也。""本总会追念华侨生命财产损失之惨重，坚持达到抗战救国之目的，特此通告声明，永不承认中苏非法之条约及外蒙之割弃。"蒋介石对陈嘉庚所代表的南侨同胞的抗议置若罔闻，加紧部署发动内战。

合理合义合大众要求

一九四六年六月,蒋介石发动全面内战,国内局势十分紧张。内战初期,国民党的军事力量和经济力量都占绝对优势,但陈嘉庚立场坚定地反对蒋介石,坚决支持共产党。他强烈反对美国政府出钱出枪支持国民党当局发动内战。九月七日,他以南侨总会主席的名义,致电美国总统杜鲁门及参众两院议长等人,要求美国"改变对华政策,撤回驻华海陆空军及一切武器,不再援助蒋政府,以使中国内战得以终止,人民痛苦可以减少"。这份通电震动了中国,震动了世界,震动了全南洋华人社会,陈嘉庚毫不客气地称国民党政府为"蒋政府",这让笃定地认蒋介石领导下的国民党政府为中国代表的人极为惊愕。由此，陈嘉庚在南洋也受到了挺蒋势力的极大冲击，但陈嘉庚丝毫不为所动，毫不退缩。陈嘉庚就是这样的人，他之所以抨击蒋介石政府，是因为他有自己做事的原则，那就是必须遵循"一切是否合理、是否合义、是否合大众要求为权衡"①。上至大国首脑，下至平民百姓，无论贵贱、地位或私交如何，在面对大是大非的选择时，陈嘉庚的立场就以是否"合理合义合大众要求"为标准。之前支持蒋介石如是，如今反对蒋介石亦如是。

国民党政府悍然发动内战，使原本已饱受抗战苦难的中国人民，再次被拖入战争的泥潭。面对国家存亡、民族安危，陈嘉庚先生旗帜鲜明、立场坚定地站在人民大众一边。他坚信合乎大众要求的共产党必胜。为了团结更多华侨，推动祖国早日实现和平民主，陈嘉庚创办了《南侨日报》《南侨晚报》。在三年多的时间里，他撰写了一系列时评，分析国内战局和国际形势，让广大南洋华人认清形

---

① 引自黄奕欢《报告陈嘉庚先生生平》。

势，放弃蒋介石独裁的国民党政府，归向民众支持的中国共产党。一九四七年，他任新加坡华侨各界促进祖国和平民主联合会主席，在报上公布了蒋介石政府十七条独裁卖国罪状。

　　从一九四七年起，国民党统治区的经济到了崩溃的边缘。随着经济的崩溃，政治上国民党政权的权威也受到挑战。反对国民党发动内战的声音愈来愈大。经济上的崩溃、政治上的孤立和民心的背离大大弱化了国民党政府的力量。而受到民众支持的中国共产党依靠人民群众进行人民战争，日益壮大。在共产党的领导下，不断壮大的人民解放军开始由战略防御转向战略进攻。陈嘉庚创办的《南侨日报》几乎天天都在头版头条的醒目位置报道国内局势变化的最新消息。一九四八年一月一日，陈嘉庚撰写《新岁献辞》，大胆预测一九四八年为"我国历史上巨大变革之年，或亦竟为中华民族大革命胜利成功之年"，并对蒋介石政权的政要腐败、经济破产等情况进行透彻分析。陈嘉庚的预判是极其准确的。从一九四八年九月至一九四九年一月，中国人民解放军对国民党军队开启了战略大决战，辽沈、淮海、平津三大战役均获全胜。中国人民解放军以迅猛之势解放全中国，大大出乎国内外众多政治家、军事家的意料，但这一切却在陈嘉庚的预判之中，令人不得不叹服他的远见和政治眼光。

见证新中国诞生

在新中国成立前夕的一九四九年一月二十日，陈嘉庚收到毛泽东邀他回国参加中国人民政治协商会议的邀请函。函中写道：

先生南侨硕望，众望所归，谨请命驾北来，参加会议。

陈嘉庚接到毛泽东的邀请函后，自谦地回复，自己是政治"门外汉"，并不想参政，但表示要回国向中国共产党和毛泽东主席敬贺。

陈嘉庚接受邀请决定回国之后，立即着手处理手头要事。其一是将自己近三年来所发表的文章及演讲词计八九万字汇集成册,题为《陈嘉庚言论集》。他为该书作序,概述自己自一九四〇年以来思想转变的经过,提到"前忧虑建国未有其人,兹始觉悟其人乃素蒙恶名之共产党人物",明确表达了自己对中国共产党建国、振兴中华的支持与信心。其二,是将《南侨日报》董事长一职和侨团工作托交新加坡侨领王源兴。回国前,福建会馆赠送陈嘉庚一副对联——"合公谊私情送先生归舟万里,论勋劳物望是中外在野一人",以表达海外华侨对侨领陈嘉庚的景仰和崇敬之情。

陈嘉庚将新加坡的工作安排妥后,一九四九年五月五日,七十五岁的他从新加坡启程回国,途经香港,于六月四日抵达北平(今北京)。

六月十五日,陈嘉庚作为华侨首席代表参加了政协筹备会议,为新中国的成立建言献策。政协筹备会议闭幕之后,陈嘉庚赴东北一带观光考察,对东北各地工商农业的发展、教育体育的发展都甚为满意,东北人民生活安定,东北市容整洁,给陈嘉庚留下了良好印象。

一九四九年九月二十一日,中国人民政治协商会议第一届全体会议在北平正式开幕。陈嘉庚为大会主席团成员。十月一日,陈嘉庚出席开国大典。在天安门城楼上,中华人民共和国主席毛泽东向全世界庄严宣告:"中华人民共和国中央人民政府今天成立了!"城楼之上,五星红旗飘扬;城楼之下,人们的欢呼声响彻云天。这一切令陈嘉庚心潮澎湃,欣喜难抑。

会议期间,陈嘉庚提交了七份提案,为国事建言献策,积极出力。

十月十七日厦门解放,在北京的陈嘉庚激动不已,他很想立刻回到阔别多年的故乡。为期数周的国庆盛典活动之后,陈嘉庚于十月三十日南下,沿途视察了山东、河南、湖北、湖南、江西、安徽、福建及广东等省,最后回到他日夜思念的故乡集美。见到被战火摧毁的校舍、村庄,他心如刀绞。在集美,他花了十天工夫视察、调研,并拟定了重建集美学村的计划。他告诉在集美的侄儿,自己将回国定居,要将全部余力贡献于新中国的社会主义建设,并侧重于文化教育工作。而后,他乘汽船到了阔别近三十年的厦门本岛。在厦门，陈嘉庚视察了厦门大学，与师生们畅谈发展教育与科学事业的意见，勉励大家发扬延安精神，负起建设重任。

陈嘉庚此行回国，历时十个月，回国所见所闻更加坚定了他对新中国前程似锦的信心。他敬佩新中国领导人的才识与品格，为举国上下万众一心建设国家的蓬勃朝气而振奋。在这一股人民与领袖上下一心、举国热火朝天建设新中国的热潮之中，陈嘉庚也迸发出巨大的热情，他誓要将集美学校与集美乡重建一番，在华南地区办好教育，为国家、为民族、为故乡奉献余热。他决意回国定居，不过在此之前，得先回新加坡结束自己在新加坡的未竟之事。

一九五〇年一月，陈嘉庚以私人身份入境新加坡。返回新加坡的陈嘉庚对新中国的未来充满信心。他认为新中国将更加独立自由、更加富强、更加受人尊重，任何外力皆不敢小觑新中国。陈嘉庚把对新中国十个月的观感记下并发表在《南侨日报》上，并出版了自己撰写的《新中国观感集》，向海外华人翔实告知自己在新中国的所见、所闻、所感，将新中国的新面貌、新气象呈现于海外。

心系故乡，建设家乡

陈嘉庚回国后，在故乡集美定居。除了参加会议和考察调研，他大部分时间留在集美，监督厦大、集美两校的重建工作。福建是陈嘉庚的故乡，他对故乡的建设自然格外关注。他认为福建与台湾隔海相望，海域辽阔，资源丰富，应加快建设，而推进建设需要人才。厦门大学、集美学校两校不仅应承担为福建培养人才的重任，还应为全国输送人才。因此，现有的校舍不仅应该修复，还应扩建。为了筹集两校的重建费及办学经费，他向族亲及两校校友发出募捐号召。

一九五〇年，厦门大学扩建，陈嘉庚亲自主持基建工程，先后建成了建南大会堂、图书馆（成智楼）、生物馆（成义楼）、物理馆（南安楼）、化学馆（南光楼）、医院（成伟楼）、国光楼群、芙蓉楼群、丰庭楼群以及大型海水游泳池、室内运动场和十万平方米的大操场等。修建这些建筑物所耗的巨资主要是他向大女婿、南洋橡胶大王李光前募捐来的。为此基建工程，已过古稀之年的陈嘉庚耗费心血，亲力亲为，亲自择地，亲自设计方案，亲自监督施工，并在厦门大学附近地区办起砖瓦厂和采石场，烧制砖瓦，开掘石料，供工程所用。耗时四年，厦门大学的扩建工程才得以顺利完成。

同样，在集美，陈嘉庚亲自主持设计、施工，修复、重建集美学村。集美学村建设所投入的资金达人民币一千零五十万元，除政府拨款外，陈嘉庚募集了五百七十五万元，资金主要来源于陈嘉庚的族弟、新加坡富商陈六使及陈文确，陈嘉庚自己也投入了大量资金。陈嘉庚首先修复被战火炸毁的校舍，然后依山傍海建起二十几幢新校舍和其他建筑，如福南大会堂、道南楼、南薰楼、华侨补习学校等，还建起了几幢可供一千五百名学生同时上课的教学大楼，几幢供一千二百人同时用餐的大餐厅，还建起了图书馆、体育馆、水族馆各一幢，游泳池两个，淡水养殖池四个，为航海、水产、师范、财经等专业学校的发展奠定基础。陈嘉庚还将集美航海学校扩建为航海与水产两校，学生总数达一千三百名，把集美商业学校改为轻工业学校，招收了一千四百多名学生。到了一九六〇年，集美学校已经发展成为拥有一万多名学生的重要区域性教育学府，学生人数相当于一九五〇年的九倍半，是之前一九三一年学生人数最多时的四倍多。

除了耗费大部分时间用于修复和扩建厦门大学、集美学校外，陈嘉庚还在集美建鳌园。陈嘉庚建鳌园，旨在修建一座露天的博物馆。鳌园的中心为解放纪念碑，碑高二十八米，象征中国共产党经过二十八年奋斗取得了胜利，正面是毛泽东主席亲笔题写的"集美解放纪念碑"。陈嘉庚组织闽南最著名的石雕大师精心雕刻园内的石雕、石画、石像，同时向社会名流和大书法家征得墨宝题刻，使鳌园成为一座集教育意义、纪念意义和美学意义于一体的露天博物馆。

对于福建的经济发展，陈嘉庚亦苦心筹谋。他认为福建多山、道路崎岖、没有铁路、交通不畅，这是阻碍福建开发资源、发展经济的瓶颈所在。一九五〇年，陈嘉庚在全国政协第一届全国委员会第二次会议上正式提出修建福建铁路的建议，获得通过。但此事因朝鲜战争爆发，国力无法兼顾而搁浅。一九五二年五月，陈嘉庚直接给毛泽东写信，请求开始修建铁路。毛泽东收到信之后，转批给刘少奇、周恩来、朱德和陈云。几位国家领导人结合第一个五年计划进行研究，因建国伊始财力有限，计划先将江西鹰潭作为起点，把铁路修进闽北，再逐步延伸到厦门。陈嘉庚得知铁路在五年计划中仅修至闽北，再次给毛泽东去信，为闽西南人民请命。与此同时，他还积极建议从厦门岛北端的高崎到对岸的集美修筑一条海上长堤，将厦门岛与福建大陆连接起来。一九五二年秋，陈嘉庚建议修筑厦门海堤的提案获准中央拨款修建。一九五四年十二月，周恩来接见了参加全国政协二届一次会议的陈嘉庚，告知中央已采纳他的意见，福建铁路由鹰潭至厦门，在第一个五年计划期间完成，并已经通知铁道兵部队立刻动工。在鹰厦铁路完成勘探、正式动工之前，陈嘉庚再次建议，应再建一条连接杏林岛与集美的杏集海堤，可使火车少走弯路，还可以为堤内增加三万多亩农田。这些建议也都被中央采纳。一九五五年二月二十一日，鹰厦铁路正式开工，并于一九五八年一月三日正式运营。鹰厦铁路成为中国东南沿海重要的铁路干线，是福建省第一条干线铁路、第一条出省铁路通道，为福建经济的发展、资源的开发、对外交流等起到了举足轻重的作用。

福建省会城市福州无自来水，市民长期饮用井水河水，陈嘉庚经过实地调查，提出在福建建设自来水工程设施案，被福建省政府采纳实施，这一工程解决了福州市民长期无自来水的困难。

对于厦门的建设，陈嘉庚撰写了《厦门的将来》，分析厦门港的优越性，认为厦门是中国对东南亚贸易的重要门户，建设厦门港不仅仅关乎一市一省的利益，而且关乎邻近十余省的利益。这些真知灼见对于厦门的发展意义深远。

陈嘉庚重视社会教育，在新中国成立初期，他考察东北和华东地区时，对济南的"广智院"印象深刻，他希望各地都能参照"广智院"设立陈列馆，陈列馆既是博物馆，也是一个有社会教育功能的好地方。集美鳌园是他的初步尝试，他将历史故事、风景名胜、民族风情、工矿企业、农林水利、动植物、文化、卫生、教育等内容赋予园中的石雕，让参观者在欣赏园中精美石雕艺术的同时，受到教育。一九五六年，陈嘉庚又由秘书代笔，撰写了《倡办华侨博物院的缘起》，并着手建馆。他写道："博物馆作为一种文化教育机构，与图书馆、学校同样重要，但方式直观，作用更为广泛。"陈嘉庚率先捐款十万元，另向海外亲友筹集约二十七万元，筹建起全国唯一一家由华侨集资兴建的博物馆——华侨博物院。陈嘉庚一如既往，亲自为博物院选址、把关设计、选材、施工、陈列布展。一九五九年，陈嘉庚已罹患癌症，右眼基本失明，抱病从北京赶回厦门，不顾身体病弱亲自主持开幕式。在华侨博物院开幕典礼上，他回顾建院过程，畅想未来发展，并亲自带领宾客参观、介绍展馆陈列。每一位到场的宾客,无一不被陈嘉庚顽强的毅力、真挚的爱乡之情与超强的责任心所感动。

不为子孙留财产

一九五八年,陈嘉庚被确诊患有鳞状上皮癌,在北京治疗。周恩来对陈嘉庚的病情极为关注,在陈嘉庚病重的三年间,除非外出,周恩来每个月都去看望他。每次出国之前,周恩来都会去向陈嘉庚道别。陈嘉庚在弥留之际留下几项遗愿:一是自己死后,遗体运回集美安葬,丧事从俭;二是呼吁必须尽早解放台湾,台湾必须归中国;三是集美大学要继续办下去。他在银行里的三百万元存款,二百万元拨充集美学校经费,五十万元拨充集美福利金,另五十万元则用以建造北京华侨博物馆。如此,他将财产悉数充作校产,不留给子孙,只对遇到困境的子孙,做救济式的安排:"我亲血脉子孙如回家无职业，男子老幼每人每月供给生活费二十元，如有职业，不得支取；女子每人每月供给生活费十五元，如有职业或出嫁，不得支取；每人如逢结婚或丧事，各给费用二百元。"这就是为民富国强而投入千万家财的陈嘉庚给子孙所留下的财产！

一九六一年八月十二日，陈嘉庚在北京逝世，享年八十七岁。周恩来亲自安排治丧。八月十五日，首都各界举行中华人民共和国成立以来最隆重的公祭仪式，主祭人为周恩来。华侨事务委员会主任廖承志致悼词："陈嘉庚先生是华侨的领袖人物，是一个爱国爱乡、热心公益教育事业的爱国老人。他一生为祖国、为人民、为华侨社会做了不少好事，有卓越的贡献。"

八月二十日，陈嘉庚的灵柩被运至厦门集美，安葬在鳌园。为陈嘉庚的灵柩送殡的队伍长达数里。故乡人为家乡痛失爱子而痛彻心扉，为失去如此爱乡护乡的尊者长辈而扼腕泪下。

集美是陈嘉庚的故乡，是他魂牵梦萦的所在。七十年前不到十七岁的瘦弱少年，带着对母亲的牵挂、对父亲与大海那头新天地的敬畏与期盼走出故乡，往大海的那一边去。七十年后，八十七岁的尊者带着世人的敬重、世间的荣光，为自己奉献、奋斗、光辉的一生画上了圆满的句号，回到了自己出生的故乡。七十年来，他用超乎常人的意志力与自律，披荆斩棘，筑起自己庞大的实业王国，"先有营业而后能服务社会"；他以"国家的富强、民族的振兴、社会的进步、人类的文明"为己任，兴学办教育，领导南侨襄助抗战；他为实现民富国强而走向政治舞台，走向了人生深处，走上了奉献与成就、辉煌与圆满之路。

尾声

　　陈嘉庚先生去世后，集美学村和厦门大学都立起他的铜像，华侨大学也修建了陈嘉庚纪念堂。新加坡中华总商会的大礼堂被命名为"嘉庚堂"，福建会馆与南洋华侨中学也竖立了他的铜像。不仅如此，他的头像还被印上了新加坡纸币。人们为他竖立铜像，以此纪念他的丰功伟绩，但陈嘉庚本人是极不愿意为己留名的。他捐赠如此之多的基金，捐建如此之多的高楼，却从不以自己的名字命名。不愿留名者，最终却流芳百世。陈嘉庚之名，已成精神符号，已成中华精神的典范，已成人类文明之光，它对社会、对民族、对人类进步所产生的巨大影响力超乎时空囿圄，超乎想象外。

一九八八年,继新加坡陈嘉庚基金之后,由中国科学院等单位发起组织、新加坡相关人士筹措资金的陈嘉庚基金会在北京成立,其宗旨是弘扬"科教兴国"的精神,激励科技人员积极进取、攀登科学技术高峰,为振兴中华贡献力量。

一九九〇年,国际小行星命名委员会将中国紫金山天文台于一九六四年发现的、编号为2963的小行星正式命名为"陈嘉庚星",并发出公告:"此星以纪念中国著名教育家陈嘉庚而荣誉命名,陈嘉庚先生毕生倾资办学,对中国教育事业的发展做出了光辉贡献。"

一九九四年十月,集美师范高等专科学校、集美航海学院、集美财经高等专科学校、厦门水产学院、福建体育学院合并组建集美大学,陈嘉庚的遗愿"集美学校将来应改为大学"在他逝世三十三年后,终于实现。

二〇二一年,厦门大学百年校庆隆重举行。这所陈嘉庚先生一手创办的大学是中国近代教育史上第一所由华侨创办的大学,也是国家"211工程"和"985工程"重点建设的高水平大学。建校迄今，学校已先后为国家培养了四十多万名本科生和研究生，在厦大学习、工作过的两院院士达六十多人。

在陈嘉庚的感召下，海外华人、华侨和港澳台同胞热心公益，心系中华，为振兴华文教育捐资助学，蔚然成风。一九九二年，由世界著名华人科学家杨振宁、丁肇中、李远哲、田长霖、王赓武五人发起，海外各地华人精英三十四人倡议成立的陈嘉庚国际学会在香港成立，以"弘扬嘉庚精神，凝聚各界精英，服务社会，造福人群"为宗旨。同年四月，一座以陈嘉庚命名的大楼，在美国加州大学伯克利分校化学院破土兴建。陈嘉庚（化学）楼是美国著名学府中有史以来第一幢以华人名字命名的大楼。

陈嘉庚是我国教育史上的一座丰碑，他散尽亿万家财创办和资助的学校逾百所，为造就民族人才、振兴中华鞠躬尽瘁；他亦是我国华侨史上的一座丰碑，他是第一个站出来把东南亚各地华侨紧密团结在统一的组织之下，把华侨与祖国命运密切结合在一起的领袖人物。他的一生，完美诠释了"忠义、诚毅、革新、奉献"精神,他是一个爱国者、卓越的实业家、社会改造者、教育家、慈善家、政治领袖,是当之无愧的"华侨旗帜,民族光辉"。陈嘉庚的精神必将永世流芳,陈嘉庚的影响力也将跨越国界,跨越世纪,成为人类文明之宝贵财富。